ブルーハワイ

青山七恵

河出書房新社

目次

ブルーハワイ

青山七恵

河出書房新社

装幀＝佐々木暁

ブルーハワイ

夕刊から顔を上げた奥さんが突然、「今日はもういいわ。終わり」といったので、その声にねていたキャバリア犬がおどろいて目を覚ました。

五時のチャイムはまだ鳴っていなかった。

作業員たちは手を止め大きく伸びをして、起きた犬にじゃまをされながら、だらだらと後片付けを始めた。

「あたいちゃん、あっち行きな」

しつこく足元にまとわりついてくるキャバリア犬を、三木元《みきもと》さんは抱きあげて、奥さんの事務机まで連れていく。下ろされたそばから犬は走って作業机に戻り、キャンキャン吠えて興奮したまま、作業員たちのむくんだ足にからだごとぶつかっていく。何度やってもきりがなかった。「この、ばか犬」奥さんに聞こえないよう三木元さんはつぶやくけれど、はらってもはらってもまとわりついてくるこの犬の目は、つねにうるうると涙をためてビー玉のようにふくらんでいて、頼めばいつでも自分のかわりに泣いてくれそうなので、優子はとても、むげにあつかうことができなかった。

「わんちゃん。わたしたちが帰るから、さびしいね。また月曜日、来るからね」

ジェニーさんがしゃがんで犬の頭をなで、とがらせた唇でちゅっちゅっと音を鳴らす。するとまた三木元さんがやってきて、さっと無言で抱きあげ、奥さんのところに連れていく。そのうしろすがたをさびしそうにみまもりながら、ジェニーさんは結んでいたとうもろこし色の髪をとき、もぞもぞからだをくねらせて作業スモックを脱ぎはじめた。

包装済み商品を積んだキャスターつきの箱を優子が出口まで転がしていくと、犬がまた大喜びでまとわりついてくる。うしろ足で立ってしきりになかをのぞこうとするので、わきをすくって抱きあげ、箱のふちに顔を近づけてやった。犬は配送伝票を貼りつけた茶色い包みの山に鼻をつっこみ、しばらくくんくんやったのち、ふいに首をひねって、優子の顔をみあげた。犬が目をそらすまで、優子はじっと、その目をみていた。

「今日は公民館で、夏祭りをやってるみたいよ」奥さんがいうと、「そうですよ、わたしの娘の同級生が、サーカスショーに出るんですよ」水筒のお茶を飲んでいた夏目さんががらがら声でこたえる。

「へえ、サーカスが来るの」

「本物じゃありませんけどね。大学の、大道芸サークル？　とか、そういうのの卒業生たちが、やってるなにかの、団体みたいなんですけど、こういうイベントがあるとき、呼ばれるんですよ」

「ふうん」

「その子は中学高校と、器械体操部で主将をやってて、高校のときには、全国大会まで行ったんですよ。わたしの娘もついでに行きましたんですけど、直前に足をけがしてしまって……」

「へええ。そうお」

作業室の端と端から、ふたりは大声でおしゃべりをつづけた。そのあいだに犬はやや落ちつきを取りもどし、いまは茶色いふさふさのしっぽをふりながら、作業員たちの足のにおいを一途にかぎくらべている。

「途中」とマジックインキで書かれた段ボール箱に包装途中のマスコット人形を入れると、優子はビニール袋を手にして机を一周し、ガムテープや布の切れ端、つめ綿のあまり、だれかが鼻をかんだあとのティッシュペーパー、せんべいの食べかすなどを袋に集め、口を結んでくずかごに捨てる。自分の椅子に戻ってスモックを脱ぎかけたとき、

「先に行ってますから」隣の椅子の吉永さんが、突然顔を寄せてささやいてきた。優子はそっと、壁のほうにからだをひいた。

「じゃあ、お先に失礼します」

立ちあがった吉永さんは、もたついているシャツのすそを灰色のスラックスにぐっと押しこみ、太ももあたりのしわを伸ばすと、なにが入っているのかだれも知らない黒い革製の書類鞄をかかえて、さっそうと事務所を出ていった。

「どこ行くのかしらね」

奥さんがいうと、残った女たちが優子をみてわらった。


犬をかまいながらできるだけ帰り支度を遅らせ、牛歩の足どりでのろのろ公民館に向かっていくと、門のわきで「休め」の姿勢のように手をうしろにまわし、胸をそりぎみにして、吉永さんが直立している。

こちらに気づいた彼がうれしそうに笑顔をうかべたとたん、優子はまわれ右をしてそのままバス停に向かいたくなったけれども、からだのまえに持ってきた吉永さんの手には、やしの木の飾りのついたフラッペが二つ、握られていた。

「買っちゃいました」

真っ青なシロップを大量にかけられ、ほとんど白いところがみえないフラッペのカップは、水滴まみれでべにょべにょだった。手渡された瞬間、カップがつるっと手のなかをすべって、アスファルトに青い氷が染みていくようすが優子のこころにありありとうかんだ。実際にはそんなことは起こらなかったけれど、そんなふうに優子のこころにありありとなにかのイメージが広がるときには、遅かれ早かれたいてい、それに近しいことが起こる。せめてそうなるまえに量をへらしておこうと、優子はいそいで縦じま模様のストローに口をつけ、溶けた氷の粒を思いきりすすりあげた。

「おいしいですか?」

「おいしいです」

「じゃあ、サーカスをみにいきましょうか……」

公民館の駐車場には、木材の粗い骨組みに大きな青いテントが張られ、そのしたに楕円形の即席ステージができあがっていた。まんなかにぽつんと、虹色のラメテープで飾られた平均台が置かれていて、屋根からはフラフープのような赤い輪っかが二つ、ぶらさがっている。ステージのまえにはテントとおなじ色のビニールシートが敷かれ、近所から集まってきた子どもたちやその親が、屋台で買った食べものを並べて、ショーが始まるのを待っていた。優子と吉永さんはシートのうえには座らずに、そのまわりの、脱ぎちらかされている大小の靴のすきまに立って、ショーが始まるのを待った。

しばらく無言でフラッペをすすっていると、ようやくラッパのテーマが鳴りひびき、テントのうしろから、裸の上半身に鎖を巻きつけた男、黄色いレオタードの女、小さな革のビキニを着て、握ったリードの先に着ぐるみのライオンをしたがえた猛獣つかいが、一列になって走りでてくる。子どもたちは歓声をあげて、音楽にあわせて手を叩きはじめる。あのライオンはほんものかな？　なかにだれか入っているのかなあ？　ほんものだと思います、だってひげがぴくぴく動いてましたから。ちがうよ、にせものだよ、にせものに決まってるでしょ、たてがみのうしろにジッパーがあったの、みえたもん！　先生、ジッパー、みえましたよね？　うそだ、先生、先生はぼくたちよりずっと背が大きいんだから、必ずなにかみえたはずだよ！　先生、ジッパーなんてみえなかったよね？　それよりあのひげ、みえたよね？　あのライオンはにせものなんだよ！

「具合がわるいんですか？」

聞かれて目を開けると、思ったよりも近くに、吉永さんの顔があった。唇のまんなかが、青く染まっていた。

「いえ、ちょっと、頭にきんときちゃって。冷たいから」

いうなり、優子はまだ半分以上も残っているフラッペを勢いよくすすった。

鎖やぶりの男が見物客のかけ声に合わせて鎖をやぶってみせ、レオタードの女は——彼女はたぶん、夏目さんがいっていた、娘の同級生にちがいないのだが——平均台のうえで何度も側転してみせた。「お星さまみたいだね！」シートに座っているどこかの子どもが叫んだ。猛獣つかいの女はすこしもじもじしたようすで、ぶらさがっているフラフープに本物の火をつけ、リードをはずしたライオンになにかいって、その輪のなかをくぐりぬけさせた。成功すると輪をふって火を消し、持っていたリードをリボンのようにくるくる回しながらふたたびライオンに近づき、腰に巻いたバンドからリンゴと毛むくじゃらの小動物を取りだして与えた。

「けっこう、本格的なんだな……」

吉永さんは、感心しているようだった。

この吉永さんに誘われて、優子は先々週、バーベキュー大会に行った。

ふたりでしゃべっているときには、年の差のことは特に気にならないのに、そこに集まっていた吉永さんの同級生たちが五つしか年のちがわない優子からみても「おじさん」「おばさん」と呼びたくなるようなひとたちだったので、優子は終始なんとなくなじめで、県営公園の緑のなか、ひとりものうい気持ちにしずみこんでいた。が、子どもたちがたくさんいたのだけはよかった。知らない大人たちに気をつかって、おとなしく野菜を洗ったり、焦げすぎた肉をすみっこによけたりするあいまに、一つの串にささったはんぺんを奪いあったり、相撲をとったりして遊んでいる子どもたちをちらちら眺めているると、自然にこころがなぐさめられた。

いまもだいたい、そのときとおなじ、みじめでものうい気持ちだったけれども、ここにも元気の良い子どもたちがいるから、やっぱり救われていた。

「むかし、ボリショイ・サーカスの来日公演を、家族で東京に、みにいったことがあります」

吉永さんは問わずがたりに、ボリショイ・サーカスの思い出をぼそぼそと話しはじめる。優子は黙ってほほえみをうかべたまま、フラッペをすすりつづける。シートのうえで口を開けて、夢中でショーをみている子どもたちの顔が、がんもどきのようにころころと頭のなかで転がりだした。自分に親しんでくれた、子どもたちが恋しかった。最初は恥ずかしがって、なにをいってもわらってもくれなかったのに、一年の最後には泣いて別れを惜しんでくれた幾人かの子どもたちの顔が、一緒になって、ころころ転がりはじめた。

「ちょっと、お手洗いに行ってきます」

あ、どうぞ、ここにいますから。吉永さんは、自分が用をたしにいくときには、なにもいわずにさっといなくなるひとだった。優子もそうしたってよかったのだけど、万が一、戻る気をなくして戻ってこられなかったばあいに備えて、最初からそのつもりではなかったことを、ただお手洗いに行くつもりだったことをいまちゃんといっておくことで、あとですこしいいわけが、たぶんすこし楽になる。

うすぐらい公民館のトイレで用をすませると、ちょっとでも時間をかせぐために、優子は入ってきた表玄関ではなく、ふだんは職員通行口として使われているらしい裏口からそとに出た。歩道と敷地を区切る背の高いイチイの生垣沿いに、トタンの屋根つきの駐輪場が続いていた。そこにぎっしり並んでいる自転車のハンドルやサドルにしどけなくもたれかかって、若者たちがたむろしていた。制服姿の高校生らしき男の子がふたり、薄着の女の子がひとり、それからタンクトップに、鎖のネックレスをつけている男の子がひとり。緑がかった蛍光灯のあかりのしたで、みな病人のように顔色がわるかった。優子が彼らをみている以上に、彼らも優子を凝視していた。

優子はなんだか、いまにもおそってこられそうなこわい感じがしたので、勇気を出して早足で行きすぎようとしたところ、

「先生」

呼ばれて、ぎくっとした。自転車のすきまから器用にからだをくねらせて出てきたの

は、短いキャミソールワンピースを着た女の子だった。指にはさんでいた煙草を携帯灰皿のなかにつぶし、皿ごと近くの自転車のサドルに載せると、彼女はすぐ目のまえまで駆けよってきた。

「先生……」

優子は少女の顔をじっとみつめたが、なにも思い出せない。黙っていると、少女は胸の長さまであるまっすぐな髪の毛を左の頰の横でちょっとかきあげ、隠れていた耳をみせた。

「ほら、これ。覚えてないですか?」

あらわになった耳は、犬にかじられたように、うえから五分の一ほどがかけている。

「わからないですか?」

少女は髪から手を離して、正面から優子に向きなおった。ワンピースのしたから、クリーム色のレースがついた、ほたてのひもみたいなブラジャーのストラップがずりさがって、二の腕まで落ちていた。

もしかして夕方、夏目さんがいっていた、娘さんの同級生だろうか? 優子はすこし後ずさった。でもその同級生は、いま向こうのステージの平均台でお星さまのように側転しているはずだし、その子が自分を知っているはずもないし、教えた記憶はもちろんない。

「先生、わたし、ミナイです。薬の袋って書いて、ミナイ。忘れちゃいましたか?」

自分を「先生」と呼ぶ、その呼びかたからしておそらくは、過去の教え子のひとりなのだろうけれど、少女のこの変わった耳のかたちも、変わった名前も、優子にはまるでぴんとこなかった。

「ごめんなさい。ちょっと……」

「……忘れちゃったんだ」

少女の大きなまるい目に、ほんのり失望の色がうかんだ。

優子はいっそう集中して記憶をさかのぼってみたものの、そうすると、ふだん努めて思い出さないようにしている、思い出したくない思い出ばかりがよみがえってくる。

「でも、しかたないのかな……先生、一ヶ月くらいしかいなかったから……もう何年もまえの話だし……。先生が、教育実習に来たときの話です」

まだぴんとこないけれども、薬の袋と書いてミナイと読む、そういう読みかたを、確かに優子は知っていた。ということは、おそらく自分はかつて、そういう名前の人間に出会ったことがあり、そのひとがテレビに出たり本を書いたりする有名人などでない限りは、きっとこの少女なのだろうと考えると、すこし落ちついてきた。

「ミナイさん……。はい、なんとなく、覚えてます。ごめんなさい」

「べつに、謝ることないです」

「よく覚えていてくれましたね」

「先生のこと、ときどき思い出すんです」

ミナイはうしろを振りかえると、ふたりのやりとりを遠目にうかがっていた男の子たちに、「もう帰っていいよ」と声をかけた。男の子たちは煙草の火を消さず、からだをうすくして自転車のなかから滑りでてきて、べたべたしたがに股歩きで、裏門のほうに向かっていった。

「でも信じられない、先生とまた会えるなんて」

ミナイはうれしくてたまらないという感じで、ビーチサンダルを鳴らし、その場で小さく飛びはねている。

「先生は大学を卒業したら、そのまま東京の学校で教えるつもりで、ここにはもう、戻ってこないっていってたから。わたし、あきらめてました。いま、夏休みなんですか?」

「……いえ」

「じゃあもしかして、いまはこっちで教えてるんですか?」

「……いえ」

「じゃあ……」

「……たしかにこのあいだまで、東京の学校で教えてましたけど、いまはもう、先生はしていません」

「えっ？」

「いまは、べつの仕事をしてます」

「べつの仕事って？」

「ふつうの……通信販売で、マスコット人形を作って、売ったりするところの……」

ミナイは飛びはねるのをやめ、急に黙ってしまった。その目にみるみる、さっきよりあきらかに濃い、失望の色が戻ってきた。

優子はまた一歩後ずさって、記憶とはまたべつのことを考えはじめた。もし、かつてのいつかの自分が、いまでもときどき思い出してもらえるくらいの憧れの先生として、何年もこの少女の記憶のなかに輝きをはなって留まりつづけていたのだとしたら、挫折して、しょぼくれて、いい年をしてフラッペなどすすりながら、夏祭りの裏手でひとり途方に暮れているいま現在の自分のすがたを、いったいこの子はどうやって……そういえば、フラッペがない、フラッペはどこに行ったんだろう？

「それじゃあ」一方的に優子はいって、出てきたばかりの裏口から公民館のなかに逃げかえった。

フラッペのカップは、トイレに持ちこむのがいやで、廊下の窓のさんのうえに置いたまま忘れてきてしまったのだった。戻ってみると、カップは廊下に落ちて、青い水が床を濡らしていた。水のまんなかで、不吉な漂流物のように、飾りのやしの木が横倒しになっていた。優子はバッグのなかからハンカチを取りだし、青い水を吸わせ、水道台と廊下を何度か往復した。廊下がようやくきれいになると、今度は表玄関からそとに出た。

駐車場まで戻ってみると、サーカスショーはもちろん終わっていて、シートのうえの見物客もいまは背中をまるめて小さくなって、おのおのの飲食だけにふけっている。吉永さんはさっきとおなじところに立って、解体されていくテントやステージを眺めながら、またもや直立不動で優子を待っていた。

「遅くなって、すみませんでした」

うしろから声をかけると、吉永さんはびくっと肩をふるわせたのち、「あ、いえいえ、ぜんぜん」と手を振り、水色の紙切れを二枚ポケットから取りだした。

「あの、これ、さっき、フラッペを買ったとき、もらった福引き券なんですけど。やってみますか？」

優子は吉永さんのあとについて、公民館に隣接している、図書館のまえの福引きテントの列に並んだ。順番が来ると、先に吉永さんが八角形のがらがらをまわした。白い玉が出てきた。景品は、農協の広告がプリントしてある特製うちわだった。そのうちわであおがれながら、優子は取っ手をまわした。青い玉が出た。台の向こうで不機嫌そうに番をしていた係の女の子が、「特賞です」とつぶやいた。それからハンドベルを渡されたので、優子は自分でベルを鳴らした。

うしろに並んでいたひとたちがとたんにがやがや騒ぎだして、選ばれた、今日この町いちばんラッキーな人物の顔を拝もうと、列からはみだして優子のまわりに集まってきた。

特賞は、ハワイ五日間のペア旅行券だった。

「優子さん、ハワイだれと行くの」

週明け、作業室に入ってくるなり三木元さんにそう聞かれて、優子はおどろいた。が、もっとおどろいたのは、駐輪場で声をかけてきた元教え子らしいあの少女が、みんなとおそろいのわら色の作業スモックを着て、自分の椅子にちょこんと座っていたことだった。

「あ、えーと……」

「すごいじゃないの。ラッキーね」

「はい。いまでも信じられません」

「だれと行くの？」

「えーと……」

「吉永さん？」

いわれた吉永さんは、即座に包装作業を中断し、「いやいやいや」と顔のまえで手を振る。

「いいじゃないの、もうばれてるわよ。おふたりさん。遠慮しないで、行ってくればいいじゃない」

ちゃかす紺野さんに、ほかのひとたちもうんうんうんとうなずいた。優子は否定したかったけれど、場の雰囲気にのまれて、黙ってにやにやしていることしかできなかった。

「でも五日間、ふたりもいなくなったら、ここの手がたりなくて困るわよ。奥さんが怒っちゃう。奥さんは社長と必ず年に一度は、ハワイに行くのよ。ブランドものが大すきだから、わたしたちにも、口紅とか、あぶらとり紙とか、買ってきてくれるのよ」

「奥さんにいろいろ聞くといいよ。ハワイのことならなんでも、教えてくれるから。もしかしたら、ついてっちゃうかもね。そうなったら、吉永さん、いやよね」

「そうよ、吉永さん、そんなのいやよねえ?」

いやや、いやいや、吉永さんはひたすらからだを縮こめて、そういう振りつけを教わっているみたいに、女たちに向かってこきざみに手を振りつづけた。優子はみていて苦しかったが、にやにやわらいは消えなかった。

優子は、この週末の長い時間を、もらった旅行券とパンフレットを眺めながら、だれにもじゃまをされない、清らかな幸福感のうちに過ごした。

半年前、田舎に戻ったばかりのころは、これほどの幸運がここで訪れようとは思いもしなかった。それどころか、五月雨《さみだれ》式に間断なくやってきた過去数年の不運の数々と、未来にむかって連なり、増幅していくそれらの不運のますますの発展を予期して、家のなかで泣いているばかりで、ひとりでは外出もできなかった。それがやがて、母親と一緒にスーパーやクリーニング店に出かけられるようになり、短い時間ならひとりでもそとに出られるようになり、半年経ったいまはこうして、おばさんたちのむだ話を聞きながら、せっせと一人前に、包装と発送の仕事ができるまでに回復したのだ。だから、そういうタイミングで与えられた特賞ハワイ旅行は、ただのまぐれ当たりなどではなく、ここ数年、人生の蟻地獄でもがきつづけた自分への、天からの景気づけ、ご褒美、慰安、ウィンク……そういうものとして以外に、とらえようがなかった。つまりこれは、だれの人生にもおこりうる、ありふれた単なるハワイ旅行ではなくて、優子の今後の人生ぜんたいに関わる、大吉兆としての、特別なハワイなのだった。だれかと一緒に行くとしたら、それに値するだけの、特別なだれかでなくてはいけなかった。

女たちが吉永さんをからかっているあいだ、ミナイはいつも優子が座っている椅子でボールペンをくるくる回しながら、ときどき、憐れみのこもった目で優子をじっとみつめた。いま、そんなふうに優子をみつめるのは、同居している母親と、ここで奥さんに飼われているキャバリア犬くらいしかいなかった。

ハワイのことでさんざんふたりをからかいたおすと、三木元さんはようやく、「あ、この子、今日からアルバイトさんの、ミナイさん」と、優子にミナイを紹介した。

「最近また、ひなりんがテレビに映ったんだって。今週も注文がたくさん入るって、奥さんがいってたから、ミナイさんに手伝ってもらってね。仕事、教えてあげて」

優子はミナイに紹介されなかったが、「宜しくお願いします」と頭を下げた。ミナイが自分の椅子に座ってるせいで、腰かける場所がなかった。しかたなく奥さんの事務机の奥から折りたたみ式の丸椅子を持ってくると、優子はミナイと吉永さんのあいだではなく、ミナイと壁のあいだに座った。

「宜しくお願いします」

頭を下げたあと、声は出さずに口の動きだけで、先生、とミナイはつけたしたようだった。優子は知らんぷりをして、金曜日に中途半端に終わっていた包装途中のマスコット人形を箱から取りだし、小声で説明を始めた。

優子の仕事は、三木元さんをリーダーとする、五人の縫製チームの手による「ひなりん」人形を、プラスチックの箱に入れ、包装して、発送伝票を書いて貼りつける仕事だった。

売りものの「ひなりん」は、お雛さまをすこし洋風の顔つきにして、うえからおもいきり押しつぶしたような感じの小さなマスコットで、もともとは裁縫好きなここの建築事務所の奥さんが、退屈しのぎの手遊びで作ったものだった。お雛さまがモチーフなのは、この町が雛人形の産地だからなのだが、できた人形を事務員に配ってみたところ、かわいい、かわいい、と褒めそやされ、奥さんはいい気になった。そこで本腰を入れて増産し、近所のひとに配りあるいているうち、どういうわけだかこの人形が、郷土の物産展に本物の雛人形と並んで出品されることになった。「ひなりん」と名付けて並べた二十体のうち、売れたのは二体だけで、奥さんはちょっと納得いかない感じがしたのだけれど、その二体を買ったのが視察に訪れていた副県知事だったので、それがすこしは慰めになった。数日後、事務所の電話がひっきりなしに鳴りはじめた。「ひなりん」がほしい、売ってくれ、というひとびとが、全国津々浦々から電話をかけてきたのだった。話を聞くと、県のイベントに招かれた若い女性タレントが、プレゼントされた「ひなりん」人形を「幸運のマスコット」として、インターネット上でみせびらかしているのだという。

すかさずこれを商機とみた社長夫妻は、町の手先の器用な女を集め、建築事務所の二階を作業室に改装し、全国からの大量発注に対応した。来年には、人形だけではなく、地元の農家とどこかのお菓子メーカーと提携して、「ひなりん」型の特製ビスケットを売りだすことをもくろんでいるらしかった。

「ひなりん」の最大の売りにして、幸運をまねくご利益の秘密は、職人がひとつひとつ、皆さんの幸せを願って、こころをこめて手作りをしている、ということだから、発送伝票も手書きで書かせるのが、奥さんの強いこだわりだった。優子自身は、「ひなりん」をすこしもかわいいと思えなかったし、ほしい、とも、もちろん思わなかったけど、こんなちんちくりんをありがたがって、車のバックミラーやハンドバッグの持ち手にくくりつけるひとたちの気持ちは、わからないでもなかった。みんな楽して、幸運をほしがっているのだ。個人の努力や苦労の量とは関係のない、善人にも悪人にも平等な、棚からぼたもちの、純粋な幸運がほしいのだ。

「でもわたしには、ハワイが当たった」

こころのなかでつぶやくと、たちまち幸福感がひろがった。自分がその幸運に値するような人間なのか、考えると気持ちが一気にかげるので、ただハワイの青い空のことだけを想像して、浜辺を歩く露出の激しい外国人や、ステーキや、ブランド店に並ぶ口紅やあぶらとり紙を、ありありと思いうかべた。

昼になると奥さんが二階に上がってきて、人数分の弁当を支給していった。ミナイはそれでは足りないらしく、コンビニエンスストアに行ってきてもいいですかと三木元さんに許可をもとめ、許しが出ると、走って作業室を出ていった。

「お菓子なら、奥にいくらでもあるのに」

五分と経たないうちに、菓子パン二つとグミ菓子を袋に入れ、息をきらせて戻ってきたミナイに、向かいの井上さんがあきれていった。「食欲が、止まらなくて……」ミナイは恥ずかしそうに、もごもごうつむくだけだった。

「食べざかりなんだね」

ミナイの年はわからなかった。駐輪場で会ったときには高校生か、背伸びした中学生くらいにみえた。でも自分が教育実習に行ったときに小学生だったということは、いまはだいたい二十から二十六くらいの年齢にはなっているはずだ、優子はそうみつもるけれど、確信は持てない。

井上さんが立ちあがって、奥さんの事務机からチョコレートの大袋をとってきた。隣の紺野さんがその袋を開け、トランプでも配るように、作業員たちのまえにチョコレートをひとつずつ滑らせた。

「ずっと地元にいたの？」

配られたチョコレートをさっそく嚙みくだきながら、夏目さんがミナイに聞く。

「はい」

「高校出たあとは、何してたの？」

「絵を描いたり……アルバイトしたり……してました」

背が小さく、頰がふっくらした童顔なのも、幼くみえる原因なのかもしれないけれど、口のなかで三つも四つもあめ玉を転がしているような舌たらずのしゃべりかたや、ペットボトルでもなんでも、机にものを置くときに立てなくていい音を立てたり、吉永さんのまえでも無遠慮に足を開いて座ったりする、ややがさつな身のこなしからしても、ミナイはとても、二十過ぎの女にはみえなかった。とはいえ、自分も十代のころから、きばってせわしい都会などに飛びださず、ずっと田舎に留まって、絵を描いたり時給で働いたりしていれば、こんなにはやく老けることもなかったのかもなあと思うと、優子のこころにはその幼さが逆に高潔な志のあかしであるようにも映って、己がますます、情けなくなってくる。

「ずっと実家暮らし？」

つづく夏目さんの、やや詰問口調の問いかけにも、ミナイは菓子パンにかぶりつきながら、はい、と素直にこたえた。

「いいわねえ。ご両親が、こころづよいでしょ。うちのチカは、大学に行ってから、そのまま東京で就職しちゃって。ちっとも戻ってきてくれない」

「チカちゃん、元気ですか？」

「元気みたい。銀行で働いてるの。なにしているのかよくわからないけど、毎日すごく、いそがしいんだって」

「そうですか」

「電話も来ない。いそがしい、いそがしいっていって、でも銀行は、ちゃんと時間で終わるじゃないの。ほんとうは、毎晩どこかで遊びあるいてるんじゃないかしら」

夏目さんの目がぎらぎら光りだしたので、優子はそれ以上ようすをうかがっているのがつらくなり、うつむいて自分の作業に集中した。

パンを食べおえたミナイがトイレに席を立つと、ミナイの椅子に吉永さんが移ってきて、発送リストを片手に、今日の集荷時間までに書く配送伝票の数を確認しはじめる。横顔にちらりと目をやってみると、紙の白さがまぶしいのか、目を細め、しきりにしょぼしょぼ長めのまばたきをしていて、顔のした半分は、剃られた濃いひげの断面のせいで、海苔餅のようにふっくらとうす緑色だった。あごにはした唇の輪郭をまねしたようなふといしわが寄り、全体的に、だぶだぶとたるんでいた。ミナイの若さをじっくり眺めたあとだと、実際の年よりも、だいぶ老けてみえた。

吉永さんだけではない、三木元さんも、夏目さんも、井上さんも紺野さんもジェニーさんも、この部屋で働いているひとは、みな老けていた。

「ハワイの相談してる」

ジェニーさんがいうと、また女たちがいっせいにわらったので、優子も吉永さんも、つられてわらった。

四時半になると、いつものように夕刊を手にした奥さんが犬と一緒に上がってきて、チャイムが鳴る五時ぴったりに、作業終了を告げた。

作業室を出てバス停に向かって歩いていると、「先生！」大きな声で後ろから呼ばれた。走ってきたのか、ミナイは昼休みのときと同じように、はあはあと息が荒い。

「今日は、いろいろ教えてくれて、ありがとうございました」

「……いきなりいるから、びっくりしました」

「偶然じゃありません。週末に調べて、入れてもらったんです」

「調べるって、なにを？」

「先生が、人形を作るところで働いてるっていったから……」

ミナイは息があがって赤くなっている顔を、さらに赤らめた。みていたら優子も恥ずかしくなって、「そう……」とこたえることしかできなかった。

「夏目さんがいってた、娘のチカちゃんっていうのは、わたしの小学校中学校の、同級生なんです。チカちゃんは県立の進学校に行ったので、卒業してからは一度も会ってないんですけど、小学生のとき通学班が一緒だったから、おばさんも覚えてくれているんです。あ、おばさんじゃなくって、夏目さん。でも先生はきっと、チカちゃんのことも、覚えてませんよね」

「その、先生っていうの、うれしいけど、やめてもらえるかな。わたし仕事場では、そういう話、してないから」

「先生やってたこと、秘密なんですか？」

「秘密ってわけじゃないけど、いうと、いろいろいわれそうだから」

「そうですか……」

ミナイはすこし考えこむようなようすで、黙って優子の隣を歩いた。それからバス停までやってくると、「先生、どこまで乗るんですか」と聞くので、停留所の名前を教えると、「わたしはその、二つまえで降ります」と、停まったバスに一緒に乗りこんできた。

「先生、あのおじさんと付きあってるんですか？」

「吉永さんのこと？」

「はい」

「付きあってません」

「でも、おばさんたちは、そういうふうにいってますよね」

「勝手にいってるだけです」

「ちがうって、いわないんですか」

「そういうことをいうと、よけいに騒がれますから」

「じゃあちがうんだ。夏祭りのとき、一緒にいたから、もしかして、そうなのかと思った」

「みてたの？」

「福引きで、ハワイが当たったの、わたしもみてました。先生、ラッキーですね」

バスが信号待ちで停止した。冷房がききすぎて、すこし息苦しい感じがしたので、優子は窓のレバーを押しあげて、そとの風を入れた。

道の向こうのガソリンスタンドで、入ってきた車を誘導しているつなぎすがたの男は、中学の同級生の、名前は忘れてしまったけれど、野球部でピッチャーをやっていた男の子だった。

「先生、変わってないですね」

「え？」

「さっき、おばさんたちにからかわれても、黙ってにこにこしてる先生をみて、ちっとも変わってないと思いました」

「教育実習のときも、そうだった？」

「そうです」

「へえ、そう……」

「あのころ、わたし、いじめられてたんです。耳のことで」

優子は、どきんとした。ミナイはなにかいいかけた口をいったん閉じ、信号が青になりバスが動きだすのを待ってから、ふたたび口を開いた。

「放課後、靴を隠されて、帰れなくて、教室に戻ってひとりで泣いていたら、先生が入ってきて、わたしの顔をみたら一回、そのまま出ていっちゃったんですけど、またすぐに戻ってきて、隣に座ってくれました。それから泣いている理由を聞いてくれて、わたしが話しおえると、先生はしばらく黙っていて、なにをいわれるんだろう？　ってどきどきしてたら、先生はいきなり、わたしは生まれてから一度も、だれとも、けんかをしたことがない、っていったんです。靴を隠されたり、机に落書きをされたこともあるけれど、相手の子を憎らしく思ったり、やりかえしてやろうとか、将来えらくなって、ぎゃふんといわせてやろうとか、そういう気持ちにはなれないで、ただひとにはみえないところで、いまのミナイさんみたいに泣いてるだけだった、って」

「へえ。そんなこといったんだ」

作業室にいたときとはちがって、とぎれとぎれではあるけれど、ミナイの声は力強く、あとは一気にしゃべった。

「そういって、先生がさびしそうにわらうから、わたしはもっと正直なことをいってみたい気持ちになって、それで、髪の毛を切られたり、万引きさせられたり、トイレの水を飲ませられたり、いろんないじわるをされたけど、このごろはなんかもう、ぜんぶがどうでもよくなってきて、そうしたいならそうすればいいって、それでみんなの気持ちがすっきりするなら、わたしはべつに、死んじゃってもいいやって思うようになってきた、っていったら、先生は、先生もほとんどおなじことを思ってた、というか、いまでもときどきそう思う、っていってくれました。死んだふりをしているうちに、なにもかも終わってくれたらいいのにね、自分を大事にしてもらうために、大声をあげたり、ほかのひとにかみついたりするのは、できればやりたくないよねって。でもそういうのは、あんまりりっぱなひとのまえでは、いえないんだよねって。だから、わたしたちみたいな、りっぱじゃない、気の小さい人間ばかりいる、秘密の花園みたいなところがあったらいいのにね、って」

「へえ。そんなこと、いったんだ……」

「それで先生は、いつかそういう秘密の花園がみつかったら、ミナイさんにも教えてあげるねって、わたしに約束してくれたんです。だからわたしも、そういうところをみつけたら、先生にぜったい教えますって、約束したんです」

「うーん。そうかあ。うーん……」

「実習のとき、先生はいつも、白とかベージュとか、うすい色のぴっちりしたズボンを穿いてたから、黒板のほうを向いてると、座っているわたしたちには下着の線がよくみえて、わたしをいじめてた、いじのわるい女の子たちは、そのなかには、あの、夏目チカちゃんも入ってるんですけど、先生のことを〝パンティライナー〟ってへんなあだなで呼んで、わらってました。わたしはくやしかったけど、先生が放課後に話してくれたことを思い出して、むきになって、このひとたちをいいまかすのはよそうって思ったんです。先生がわらわれてるのに、なにもしなくて、ごめんなさい」

「いいよ、べつに、謝らなくても」

「それからけっこうすぐに、実習の期間は終わっちゃって、先生は東京の大学に戻っていっちゃったけど、わたし、お別れ会のときに、自分の住所を書いた手紙を渡したんです。秘密の花園がみつかったときに、先生がすぐに、わたしに手紙を出せるように」

そういう一連のささやかな交流が、いわれてみれば、なくもなかったような気がしてくる。とはいえここまで詳しく話されても結局、その「先生」がほんとうに自分なのかどうか、優子は自信がもてなかった。二十一、二のころの話だから、実習そのものに必死で余裕がなく、うまくいかない恋愛にも苦しんでいただろうし、たしか父親が病気で入院していたのもそのころだったから、記憶が一部、間引かれているのかもしれない。

「わたし、手紙、ずっと待ってたのに」

「……ごめんね」

手紙を書かなかったことだけではない、ミナイを忘れていたこと、ミナイのころのなかで憧れの先生でいつづけられなかったこと、ついでに意図したことではないけれど、この町の自分とおなじくらいか、もしかしたら自分以上に不運で不幸だったかもしれないひとびとを押しのけ、特賞ハワイ旅行を当ててしまったこと、それでちゃっかり、ひとりで楽して救われてしまったこと、等々、万感の想いを一緒くたにして優子はひとことと謝ったのだが、

「いいんです」

謝罪を受けいれたミナイの顔は、西日に照らされて光りかがやいていた。

帰ってくると、先に夕食をすませたようすの母親が、長座椅子に座ってクロスワードパズルを解いていた。

娘の顔をみるとすぐ、疲れているかどうか聞き、「そんなに疲れていない」優子がこたえると、「閉まっちゃうまえに、クリーニング取ってきて」と、テーブルのうえの預かり証を指さす。できるならはやくご飯が食べたいと思ったけれど、優子はいわれたとおりに預かり証をポケットに入れ、サンダル履きでクリーニング屋に向かった。

ガラスの引き戸を開けて入っていくと、座って有線放送を聞いていたなじみの店員が、顔をみるなり「ハワイ、当たったんだってね。おめでとう」と握手をもとめてきた。こ

のひともきっと、ハワイに行きたかっただろうにと思いながら、預かり証を持った手を差しだすと、店員はそのまま預かり証をうばい、「どっこいしょ」と立ちあがって、吊りさがった大量の服のなかから母親の喪服をみつけだしてきた。それを台のうえでくるくるとまるめ、「はい。ごくろうさん」と突きだすと、またどっかり腰をおろして、目を閉じた。ほんらいなら、仕上がり予定日当日に引きとりにきた律儀な客だけに配る割引券も一緒についてくるはずだったのに、それは渡してくれなかった。

今日だけではなく、母親のおつかいで来るようになったこの数ヶ月のあいだ、何度もおなじことが起こっていた。故意なのか、単に忘れているだけなのか、どちらともつかなかったけれど、割引券なしで帰ると、「なんで催促しないの。ちゃんとくださいっていいなさいよ」と、母親が猛烈に怒るので、優子はできれば券がほしい。なのに優子はいつも、この空間のなにかに強く気圧《けお》されてしまって、毎回それがどうしても、いいだせない。

今日も帰ったら、お母さんに怒られるだろうけど、なにしろ自分はいま、この町いちばんの果報者なんだから、このくらいの不運なら、余裕で見逃してあげないと……。

こころのなかでいいきかせて、優子は黙って店をあとにした。

月曜日から木曜日まで、ハワイがらみで優子と吉永さんはちょこちょこからかわれつづけた。ところがいつまでもふたりがごまかしわらいで通すので、金曜、とうとう機嫌をそこねた三木元さんが、「同時にふたりも抜けられたら、こっちが困るんだから、事前にちゃんと、奥さんにいいなさい」と、眼光するどくすごんできた。

「あ、はい。そこはちゃんと、しますので」

吉永さんがまじめくさってこたえるので、優子はあわてて、そのことについては、自分はまだなにも決めていないのだから、なにも決めないでほしい、という意味のことを、もっと丁寧にいおうとして、たちまちことばの沼におぼれた。喉からにごった音が出た。隣で伝票を書いていたミナイが手を止めて、心配そうに優子の顔をみた。

「さあ、じゃあ聞くけど、いつ行くの？」

「あ、それはまだ……、あの、権利は、年末をのぞいた、今年いっぱいって、書いてあった、ような気がします」

吉永さんがしどろもどろにこたえていると、すかさず今度は井上さんが、「十一月がいいんじゃないの」と口をはさんでくる。

「十一月……。はい、そうですね」

ミナイの肩ごしに、優子は吉永さんの視線を感じた。とはいえ自分にはもう止められないなにかが、すでにここで始まっているように思えて、ひきつづき、ぼんやりしていることしかできなかった。

「ふたりとも、パスポートは持ってるの？」

「はい、自分は、持ってます」

「有効期限ぎりぎりだと、空港で止められて、飛行機に乗れないわよ。帰ったら、ちゃんとチェックしておかないと」

「はい、そうします」

今度は吉永さんのほうからではなく、またべつの方向から強い視線を感じた。目をやると、三木元さんの隣に座っているジェニーさんが、じっと優子をみていた。

目があった瞬間、フーシャピンク色の口紅が塗ってある厚めの唇がぱかっと縦に開き、そのまま何度か、開け閉めされた。ジェニーさんは一生けんめいに、口をぱかぱか開け閉めして、優子になにか伝えようとしていた。どうしたの、どうしたの、なにをいいたいの？　ふだん無口で、日本語のあんまりうまくないジェニーさんは、朝からもう長いこと口をきいていないために、思ったように声が出てこないようだった。しゅーしゅーと、やかんの口から出るような音がしばらく漏れた。そのうち最初のこすれるような音がなくなって、あいうえおのどれでもない母音が聞こえ、それがようやく、はっきりし

た「お」の音に聞こえるようになって、

「お母さんに会いたい」

やっとことばを吐きだすと、ジェニーさんはわっと両手で顔を覆い、激しく号泣しはじめた。

「あーあ、またジェニーさんの発作だ。パスポートの話なんかするから」

三木元さんはジェニーさんの肩を抱いてやり、背中でからまっているぱさぱさの金髪を、やさしく指でといてやった。それでも泣きやむ気配がないので、「そんなにめそめそしてると、あとで奥さんが怖いよ」と立ちあがらせて、そのままそとに連れだした。


ハワイのことはべつにして、ミナイが職場に来ていらい、優子の隣に座り、働き、食べる権利をミナイに奪われ、しょんぼりしている吉永さんを、女たちはここぞとばかりにすっかり良いおもちゃにして、みんなでおもしろがっていた。

元気づけたりわざと不安にさせることをいったり、ただでさえ弱腰の吉永さんは、そういう女たちのまえでますます萎縮して、得意のごまかしわらいや照れわらいは、すればするほど水っぽくなっていって、優子をいたたまれない気持ちにさせた。

「あのおじさんも、相当、気がよわいんですね。わたしに遠慮してるのかな……」

ミナイがいったとき、バスはまた、いつもの交差点で信号待ちをしていた。優子が乗っているバスが来ると、この信号は必ず赤に変わるのだった。

ガソリンスタンドには、野球部のピッチャーが、ガソリンのノズルを車の給油口につっこんでいる。もう三ヶ月近く毎日のようにみているのに、まだ名前が思い出せない。

「べつに、ミナイさんが来るまえから、すごく仲良くしてたわけじゃないから」

「わたしこないだ、吉永さんが、お母さんと、スーパーで買いものしてるのみました」

「ふーん」

「先生もお母さんと、買いものしますか？」

「するよ」

「わたしもお母さんと、買いものに行きます」

「お父さんとは？」

「お父さんとも、ときどき行きます」

優子は父親と買いものに行ったことがなかった。父親も、病気で入院するまでは小学校で教師をしていた。入院から半年ほどして亡くなってしまったけれど、葬式には、優子よりもずっと年上の元教え子たちが大勢集まった。

「うちのお父さんは……」いいかけたとき、ミナイが口を開いた。

「先生、吉永さんみたいなのじゃなくて、ああいうひとが好きなんですか？」

ミナイはからだを寄せて、つなぎの男を指さした。

「あの、ガソリン入れてるひとのこと？」

「いつも、みてるから……」

「あのひとは、中学校のときの同級生」

「すきだったんですか？」

「すきだったのか、きらいだったのか、どっちかなんだけど、それがどうしても、思い出せない」

「そんなことってあるんですか？」

「あるんだね。へんだよね。でも、ほんとうに、名前もなにも、思い出せない」

バスが動きだして、ガソリンスタンドがみえなくなった。さっきしかけた父親の話をしてみようか、優子がまよっていると、ミナイがまた唐突に聞いた。

「先生、なんで先生やめちゃったんですか？」

「…………」

「先生の仕事、いやになったんですか？」

「……いやになったわけじゃないんだけど……」

「じゃあなんで？」

「向いてなかったんだろうね。たぶん」

「なんで？」

「わたしは、子どもがすきだし、勉強を教えるのもすきだけど、それ以外のことが、できなかったから……」

「それ以外のことって、なんですか」

「…………」

「それ以外のこと……」

「……結局、気合い……みたいなものが、たりなかったんだろうね」

「でも、たしかに、先生は、先生には、向いていなかったのかもしれません。わたしの知ってる先生以外の先生は、みんなすぐ大声を出すし、おんなじことしかいわないし……先生以外の先生を、わたし、ひとりもすきになれなかった」

ミナイのことばに、優子は不覚にも涙してしまいそうになった。ミナイはそれには気づかず、座席の手すりを握る自分の両手だけを、うすぼんやりした目つきでみていた。

「ミナイさんは、これからなにになろうとか、なにしたいとか、そういうのはないの」

「…………」

「わたしがいまのミナイさんくらいの年には、ほんとうに、先生になりたくて、勉強をがんばっていて、教育実習でここに戻ってきて、ミナイさんたちを教えてたと思うんだけど、そういうのは、ないの」

突如ミナイは、握っている手すりに向かって眉をしかめ、鼻にしわを寄せ、口をうねうねとゆがめはじめた。そうやって、質問の意味を顔ぜんたいで咀嚼《そしゃく》しようとするかのように、さんざんきみょうな表情をしてみせたあげく、最後には無表情になって一言、「ないです」とこたえた。

「じゃあ、この町を出て、東京とか、外国に行きたいとか、思ったことはないの」

「ないです。先生はそう思って、よそに行ったんですか？」

「まあ、そうだね」

「でも、戻ってきた……」

「すきで戻ってきたんじゃないけどね。疲れちゃったし、病気だったし、お金がなくて」

「貯金してなかったんですか？」

「貯金はしてるけど、もっとあとになって、使うつもりだから」

「わたしも、いざというときのために、お金を貯めておこうと思います」

「たくさんお金があって、すきなときに、すきなだけ、すきなところに行けたら、すてきなのにね……」

「でもわたしは、特に行きたいところは、ないです。ここにあるもの以上、みたいものが、ないです」

「…………」

「わたしはずっと、先生が教えてくれた、秘密の花園みたいなところに行きたかったけど、年をとるにつれ、そんなものはないって、だんだん気づいてきたから……もし将来お金持ちになれたら、自分のお金で土地を買って、ほんとうにそういう花園を作って、先生みたいなおとなしい、気のあうひとだけと一緒に、だれとも争わずに、面倒なことにはまきこまれずに、静かに生きていきたい、それだけなんです」

「それはわたしだって、そうだよ」

「でも先生は、ハワイが当たって、うれしそうじゃないですか。ハワイがそういう、わたしたちの秘密の花園みたいな場所のわけ、ないじゃないですか」

「それはそうだと思うけど、でも今回のハワイはちょっと特別で、なんていうか、とにかく特別で、行かないわけにはいかないし……」

「おじさんと行くんですか」

「まさか、あのひととだけは行かない……。ただ、わたし、仲のいい友だちはみんな遠くにいるし、母親も、腰がわるくて、飛行機には乗れないから……」

だから、ミナイさんが行きたいのなら、一緒に行く？　優子はつづけてそういいたかったのだけど、ミナイが降りる停留所が近づいてきたので、「じゃあ、またあしたね」と、代わりにブザーを押してやった。

「わたしと先生みたいなひとが、もっとたくさんいればいいのにね……」

降りるまえ、優子の目をじっとみつめて、ミナイがつぶやいた。

涙ぐんでいるようにみえた。

週が明けても、ミナイと優子と吉永さんの三角関係がドラマチックに燃えあがらず、それどころか日に日に変化にとぼしくなる一方なので、女たちはおもしろくなくて、作業中にミナイが席をはずすとすぐに、「吉永さん、いまがチャンス」「ハワイの相談をしなさいよ」などとやっきになって、ふたりの距離を縮めにかかるのだった。

優子は相変わらず、のらりくらりとうすわらいをうかべているばかりだったけれど、内心では、おせっかいにもほどがあると、静かに腹を立てていた。おなじようにうすわらいをうかべているだけの吉永さんについては、女たち以上に腹立たしかった。とはいえせっかく訪れた、一生に一度あるかないかの貴重な幸運期を、こんなくだらない憤怒にまみれて過ごしていたら、憤怒の継続時間がそのまま、与えられた幸運の日数から引き算されていってしまいそうで、それをおそれた優子は、業腹のさいにはひたすらハワイの青い空を思いうかべて、怒りをやりすごすことに決めていた。

「ふたりとも、あさっての慰安会までに、日にちを決めて、奥さんにいうんだよ。お酒の席なら、いいやすいでしょ」

三木元さんのいう慰安会というのは、月に一度、奥さんの親戚がママをやっているスナックで開かれる、職場の飲み会だった。冠婚葬祭、同居の家族の重病、大けがなどの事情がない限り、全員出席が慣例となっていて、ぜんぶ奥さんのおごりなので、金欠だからといって欠席することももちろんできない。

四時半にまた奥さんが犬と一緒に上がってきて、慰安会の念押しをした。無言で針を動かしながら、三木元さんが優子と吉永さんのふたりに、しつこくばちばち目くばせをした。優子はいいかげんうんざりしてきて、ハワイの青空を思いうかべようとしたけれど、暑さと疲れのせいで、あんまりうまくいかなかった。

仕事が終わると、優子はいつものようにミナイの帰り支度を待たず、ひとりで作業室のそとに出た。すると、きっと女たちにたきつけられたのだろう、すぐにうしろから吉永さんが追いかけてきて、「おつかれさまです」と隣に並んだ。

「おつかれさまです」

優子は軽く頭を下げたが、足を止めずにバス停に向かって歩きつづけた。バスはまだ来ていなかった。

「最近、電話に出てくれないから……」

たしかにここ数日、朝起きると携帯電話に吉永さんからの着信が残っていた。留守番電話を聞いても、数秒の無言のあとに切れてしまうだけなので、たいして重要なことではないのだろう、どうせ職場で会うのだし、と、かけなおさないでおいていたのだった。

「ハワイのこと……」

吉永さんがいいおえないうち、うしろから通り魔のような足音がせまってきて、

「先生、おつかれさまです」

ミナイがいきなり、ふたりと並んで歩きはじめた。

吉永さんはいいかけたことばをしまったけれど、優子のからだ越しにミナイのようすをちらちらうかがうその顔は、いまにも泣きだしそうだった。

無言のまま三人はバス停に着いた。吉永さんが乗るのはべつの路線のバスだった。

「おつかれさまです」優子はもう一度頭を下げて、吉永さんが去っていくのを待ったの

に、どういうつもりなのか、やってきたバスに吉永さんも一緒に乗りこんできた。

いつも座る、ふたりがけのシートの窓際に優子が座り、その横に吉永さんが座ったため、ミナイはそのひとつまえのシートに座り、乗っているあいだじゅうからだをねじって、ふたりに顔を向けていた。だれも口をきかず、優子はずっと、窓のそとをみていた。ガソリンスタンドの同級生のすがたが、今日はみえなかった。

降りるはずの停留所で、ミナイは降りなかった。その次の次の停留所で優子が降りると、ふたりもそれについてきた。ミナイは吉永さんに帰ってほしかったし、吉永さんはミナイに帰ってほしかった、優子はもちろん、ふたりまとめて帰ってほしかった。とはいえだれひとりとして、その気持ちを口にも態度にも出さないので、結局三人みんなで、みた目には友好的に、優子の実家まで並んで歩くはめになってしまった。

垣根のまえで立ちどまったとき、優子はくちなし柄のチュニックを着た母親が、植木に水をやっているのに気づいた。すこし遅れて、母親も娘に気づいた。母娘は数秒、みつめあった。先に目をそらした母親は、娘をはさんで無言でつったっている、中年の男と若い女を順番にみやると、軽く頭を下げて、家のなかに入っていった。

「ハワイのことですけど……」

バスに乗るまえから長く続いた沈黙を、吉永さんがとうとうやぶった。

「ちょっと、相談したいんです。慰安会のまえに決めなさいって、三木元さんが、いってましたから」

「わたしも、先生と相談したいんです」

「なにを?」吉永さんが聞くと、「ハワイのこと」ミナイはまっすぐ優子をみていった。

「でもミナイさんは……」

「ね、先生、相談しましょうよ」

「ミナイさんが、優子さんと、なにを相談するんですか……」

「ね、先生、ご飯を食べながら、相談しましょう。はやく決めなくっちゃ」

ミナイが両手で優子の腕をとり、賽銭箱のうえの鈴を鳴らすように、しなりを効かせてぶらぶら揺さぶった。吉永さんは黙って自分の番が来るのを待ったけれど、ミナイはそのまま優子の腕に自分の腕をからませ、玄関のほうに歩いていった。

「先生、はやく、お母さんに、今日の晩ご飯はいらないって、いってきてください」

ミナイに勢いよく背中を押され、優子はよろめきながら家のなかに入った。

母親は台所にいて、しょうが醤油で焼きなすを食べながら、つめ将棋の問題集を開いていた。窓のそとには、まだミナイと吉永さんが、さっきとおなじ場所に立っている。

「あのひとたちのぶんは、ないんだけど……」

母親のつぶやきにはこたえず、優子は二階の自室に上がり、一日の汗がしみついたTシャツを脱ぎ、色ちがいのべつのTシャツを着た。それからしたにおりて、洗面所で手洗いうがいをし、台所の水道で、ぬるい水をがぶ飲みした。

「ひとり、帰っちゃったみたいよ」

いわれて、優子は窓のそとに目をやった。垣根の向こうに残っていたのは、吉永さんではなくて、ミナイだった。それをみとめたとき、優子のこころはほんのすこしだけやすらいだ。

優子がこちらをみていることに気づくと、ミナイはその場でぴょんぴょん飛びはね、両手で大きく手招きをした。

町のなかを一時間近く歩いて、ミナイが優子を連れていったのは、県道沿いのミスタードーナツだった。

歩いているあいだずっと、ミナイは片手にスマートフォンを持って、ときどきせわしく指を動かし、だれかと通信しているようだった。

「先生、お腹すきましたよね。歩かせちゃって、ごめんなさい」

店に入ると、ミナイは「ブルックリンメリーゴーランド」という、優子がはじめて目にする甘そうなドーナツの全四種類と、ぶどうスカッシュを注文し、ぼろぼろのまるい小銭入れから会計をすませ、「先に席とっておきますね」と奥の席に歩いていった。

むし暑い夕暮れどきに長く歩いた疲労のために、家を出たときの空腹感はすっかりうすれてしまっていた。こんなときには、やはりドーナツなどではなくて、しょうが醤油の焼きなすのようなものが食べたかったけれど、せっかく来たので、優子はフレンチクルーラーとアイスカフェオレを頼んで、ミナイの待つ客席に向かった。すると、店のいちばん奥に陣取って手を振っているミナイの横に、つなぎすがたの、ガソリンスタンドの同級生が座っているのがみえた。

すごい偶然だと思ったけれど、よくみてみればあきらかに、ミナイと同級生はおなじテーブルに座っていた。

「先生、はやく来て」

ミナイが立ちあがって、さっき垣根のまえでしていたのより、やや控えめな手招きをする。優子はわけがわからないまま、ふたりのテーブルに近づいていった。

「先生、びっくりしたでしょう」

顔を赤く染めた同級生のまえには、ミナイが買ったドーナツのうちの二つが、それぞれ半分かじられて、皿に置かれている。

「よお、ひさしぶり」

同級生の第一声はびっくりするほどどすが利いていたので、いったいなにごとかと、まわりの客が一斉に振りかえった。優子はおどろいたりこわがったりするより先に、まずはほほえみがうかんでしまって、そのほほえみに、気持ちもことばも追いつかなかった。

「お願いして、来てもらったんです」

ミナイがテーブルに、身を乗りだした。

「わたし、先生は、このひととハワイに行けばいいんじゃないかなあと思ったんです」

「仁科《にしな》、いま先生やってるんだって？　すごいな、むかしから、勉強できたもんな。おれは野球だけしか、とりえがなかったからなあ」

またびっくりするほどの大声で、同級生はハ、ハ！　とわらった。

ガソリンスタンドにいるときには、制服のキャップで隠れていたからわからなかったけれど、頭髪は年のわりにはまずしくて、そのわりに濃い眉毛は、むかしのなごりなのか、不自然な逆ハの字のかたちに整えられていた。口が横に広く、しゃべるとしたの奥の銀歯がのぞくのだけは、少年時代から変わらず、あいくるしい感じがした。ただ、いまは、その口からふきつけてくる息が、とても酒くさい。顔が真っ赤なのは、なにかを恥ずかしがっているわけではなくて、ただ酔っているかららしい。

「この子が、いきなり来て、仁科に会ってほしいっていうから。ハワイってなんのこと？」

「先生は、夏祭りの福引きで、ハワイ旅行を当てたんです。でも、一緒に行くひとがみつからなくて」

「それで、おれに？」

「だめですか？」

「行ってもいいけど、おじさんは、きみにも来てほしいなあ」

ミナイはすぐに眉をひそめて、くっつきかけていたからだをちょっと離した。ところが相手は、ミナイの拒絶にかまわずぐいぐいからだを押しつけてくるので、ミナイは立ちあがって、優子の隣に座りなおした。

「なんだよ、さびしいなあ。きみい。かわいいねえ。こっち、戻ってきてよ」

「先生、わたし、帰りますから、あとはふたりで、話しあってもらえますか？」

「話しあうって、ミナイさん、なにを話すの」

「だから、ハワイのことですよ。ちょうどよかった、慰安会までに決めなきゃいけないって、おばさんたちがいってましたし」

「ねえ、いまから三人で飲みいこうよ。おれがおごってあげるからさ、ね、飲みいこうよお！」

まだ口をつけていないフレンチクルーラーを紙ナプキンで包むと、優子はそれをバッグに入れて、無言で立ちあがった。

そとに出るとすぐに、ミナイが追いかけてきた。

「先生、帰るんですか？」

「…………」

「帰らないで」

「帰るよ」

「だって、あのひと、どうしたらいいんですか？」

「知らない。ミナイさんが勝手に呼んだんでしょ？」

「昨日話したときには、あんなふうじゃなかったんです。やさしくて、おとなしくて、わたしと先生の、お友だちになれそうなひとだったんです」

「だからどうしろっていうの？」

「わたしは、先生のキューピッドになれるかと思って……」

「そんなこと、頼んでませんから」

「先生、怒ってるの？」

「怒ってません。いや、怒ってるのかも。ほんとうは怒りたくないんだけど、でも怒ったって、いいでしょう？　わたしだって、怒りたいときはある」

「先生、怒らないで」

　ミナイは優子の腕を強くつかみ、その場に立ちどまらせた。

　優子はその腕を振りはらったけれど、県道を照らす街灯のした、緑がかったミナイの顔をみて、はっとした。夏祭りの駐輪場で出会ったときと、おなじ顔の色だった。でもいま、緊張のためか、ミナイの顔からはいつもの幼さがうすまって、そのぶん目や唇の輪郭、まつげの一本一本までもがはっきりときわだってみえて、はじめて優子は、ミナイを美人だと思った。ただ美しいだけではなく、みるものの気持ちを奥までひきこんでくるなにかがあった。鼻のしたにうっすら浮かぶ汗のつぶまでが、きらきら光っていた。

　じっとみているうちに、優子のこころに、このきれいな、若い、自分の元教え子、十年以上もひそかに自分を慕ってくれていたらしいこの少女を、この世のあらゆる理不尽から守ってやりたい、そしてできれば、大切にいつまでもいつまでも、自分ひとりだけのものにしておきたい、そんなうすぐらい欲望が激しく燃えあがって、頭に血がのぼった。ミナイをからだぜんぶで、思いきり抱きしめたかった。

「わたしはミナイさんと、ハワイに行ってもいいって思ってたのに」

ミナイはこたえない。

表情はかたまったまま、まばたきひとつもしない。

ひきつりわらいのようなバイクのエンジンの轟音が、ふたりの沈黙を引きさいて夜空の高くまで響いた。

後ずさったミナイのからだに、優子は両手を伸ばした。

「ミナイさん、一緒に……」

「飲みいこうよお！」

叫び声が聞こえた瞬間、腰のあたりに尋常ではない衝撃を感じて、気づいたときには、優子はアスファルトのうえに投げだされていた。

うめきながら目を開けると、つなぎの同級生が、黒々とした巨大なこおろぎのようなものの隣に、うつぶせで倒れている。

ひとびとが集まってきた。バッグから転がりでたらしいフレンチクルーラーが、だれかの足にふまれてしまった。こおろぎじゃない、なにいってるの、先生、あれはバイクだよ、うわあ、先生、バイクにひかれちゃったんだよ、先生、痛くないの、だいじょうぶなの？

だんだんと白っぽく、ふんわりぼやけていく視界のなかに、走り去っていくミナイのうしろすがたがみえた。

旅行券とパンフレットは、ジェニーさんにあげてしまった。

ジェニーさんの国籍が、ハワイに行くのに面倒な手続きをしなくてすむような国籍なのか、それだけ心配だったけれど、事務所に券を渡しにいった母親によると、本人は涙を流して大喜びしていたそうだ。

「せっかく当たったハワイなのにね」

優子の右足は、ギプスでかためられて、ベッドに積まれたクッションのうえに固定されている。首と腰には頑丈なコルセットが巻かれているけれど、寝がえりを打とうとするたび、上半身に鈍痛が走る。

「なんで黙ってたの。クリーニング屋にいわれなきゃ、知らずに終わるところだったわよ」

「…………」

「お母さんも、腰さえわるくなかったら、ハワイ、行きたかったのに」

「…………」

「あんた、子どものころから、くじとくればはずれしかひいたことなかったのにね。そんなあんたが、まさかハワイを……」

「そんなのが当たったから、いけなかった」

「え？　なに？」

「ハワイなんかが当たったから、いけなかった」

「……特賞なんて、ほんと、めったにないのにねえ。あんた、一生に一度の幸運を、ふいにしちゃったね」

「いいの、わたしはこれで」

優子は母親から顔をそむけて窓のそとを見た。

病院の駐車場の向こうに、学校らしき建物があった。校庭で、薄着の子どもたちが走りまわっていた。なつかしいチャイムの音が聞こえた。だれもいないプールの水が輝いていた。

「あれ、小学校？　中学校？　高校？」

「小学校だよ」

「学校に戻りたい」

「あんたさえその気になれば、いつでもやりなおせるわよ……」

そういう母親の目には、奥さんのキャバリア犬の目にあふれていたのとそっくりおなじ、おなじみのあの色がうかんでいた。

ひと月近くにおよんだ入院期間のあいだに、優子は病室に持ちこんだノートパソコンを駆使して、隣の県の私立小学校に臨時講師の職をみつけた。退院して松葉杖なしで歩けるようになると、首と腰にコルセットを巻いたまま面接を受けにいき、採用が決まると即座にスーツケースに荷物をまとめ、静かにふたたび、この生まれ故郷を去っていった。ようやく首のコルセットがとれたころ、実家にジェニーさんからの包みが届いた。娘の許可を得て母親が開封すると、なかにはパイナップルクッキーと、ハイビスカス柄のTシャツと、つたない字でお礼が書かれたフラダンサーのポストカードが入っていた。カードには写真が一枚クリップ留めされていたが、ワイキキビーチの晴れわたった空のした、三角ビキニのジェニーさんの隣でわらっているのは、青い水着のミナイだった。

辰年

「仁義を立てなくっちゃ」母親がいうと、豆腐をパックからじかに食べていたうえの娘が箸を止めて、「また?」といった。

深皿に山盛りになった卵チャーハンにスプーンをつっこみ、「まただよ」母親はこたえる。

「なんで仁義が出てくるの。ただのお見舞いでしょ」

「こういうときにこそ、家族の仁義を立てるんだよ」

「なんで、なんでも仁義の話になるの? 町内会とか、だれそれの結婚式とか、カラオケ大会とか、お母さんはすきあらばどこでも仁義を立てにいくじゃない。まえから思ってたけど、それ、なんなの? そもそも、仁義って具体的にはなんのことをいってるの?」

「おまえまさか、この世に生きてるのは自分ひとりだけだと思ってるわけ？　狭い世のなかにみんなで生きてるんだから、お付きあいというものがあるでしょうが」

「ほんとは面倒だったり、気が進まなかったりするんだけど、自分で自分を発奮させるために、仁義ってことばを使ってるだけなんじゃないの？」

「ちがう。お母さんは自分の気持ちをしゃきっとさせたいだけ」

「つまりは発奮てことでしょ」

「ちがう」

仁義についての議論はしばらく続いた。そのあいだ、一家のまんなかの娘の、そのまた二人の娘がハムカツの大きさをめぐってけんかを始め、四歳のほうが泣きだすと三歳のほうも泣きだし、とうとう最後には互いに手が出て、畳のうえにプラスチックの箸がころころ転がった。

母親とうえの娘は議論に夢中で、まんなかの娘は泣きさけぶ子どもたちを叱りながらテレビに夢中だったので、したの娘がひとこともしゃべらず食事を終えていたことには、だれも気がつかなかった。

だれにも気づかれない、先週十七歳の誕生日を迎えたばかりの梢《こずえ》は、空になった茶碗と箸を台所の流しに運んで、ひっそり二階の自室に上がる。自室といっても、長姉との相部屋だった。姉が寝起きしているくしゃくしゃの万年床を踏んづけ、梢はすみのシングルベッドにねころがる。階下からは、それぞれに個性を爆発させている五人の女たちの声が、いつまでも周波数の合わないラジオ放送のように、ざあざあ、わあわあ、聞こえてくる。途中から、ハーモニカの音も混ざる。

なんでみんなけんかするんだろう。梢は天井を見上げて、しばしぼんやりした。ところが階下の声が気になってしまって、なかなか自分のすきな感じでぼんやりできないので、しかたなしに、枕元の『あさきゆめみし』を開いた。

梢が通う女子校のクラス内では、みなが目下、『あさきゆめみし』を読んでいる。先週、古文の授業で『源氏物語』の講読が始まったと同時に、数人が家からお母さんやお姉ちゃんのお古を持ちだして、いまでは三セットの『あさきゆめみし』がクラス内で回し読みされていた。ところが待てども待てども、最初の一巻がとんと回ってこないので、梢は一瞬読み手がいなくなって、ロッカーのうえに放り出されていた三巻に手を出したのだった。

三巻はちょうど、授業で読んでいる「葵」の巻、賀茂祭での牛車の駐車位置をめぐる葵の上と六条御息所のいざこざの話から始まっている。梢はすでに、それからいろいろあって、源氏がむりやり紫の上と夫婦になってしまうくだりまで読んでいたけれども、いまベッドのうえで眺めているのは、賀茂祭の場面、葵の上と六条御息所の家来たちが路上でもみあっている大きな一枚絵だった。ここでも、いろんなひとがけんかしている。細かなところまでじっくりと眺めているうち、梢は、牛車のタイヤってものすごく大きい、と気づいた。黒々とした車輪は、ひとが乗る箱のところと同じくらいか、もっと大きいようにもみえる。絵には当然、その車をひく牛のすがたもあった。近くに馬もいた。なんで馬じゃなくて、牛だったんだろう？　ヨーロッパの馬車みたく馬にひかせれば、もっと早く移動できたのに……。梢はふしぎに思ったけれど、馬はいきなりうしろ脚で立ったりするからこわい、やっぱり牛がいい、と思いなおした。

漫画本を枕元に伏せ、iPhoneで牛車のことを調べてみる。世界には、紫式部の時代から千年経ったいまでも、いろんな種類の牛車があることがわかる。画像を検索して、パッとみで梢がいちばん気にいったのは、ブーメランのような角がある、ものすごくいかつい顔をした、二頭の黒い牛が引いている牛車だった。画面をスクロールしながら、果てしなく続く牛車の画像を眺めていると、いきなり部屋のドアがバン！　と開いて、階下で泣いていたはずの三歳のちとせが奇声をあげながら突進してきた。続けて、その姉のしのぶが、腕を振りまわしながら向かってきた。いつのまに二階に上がっていたのか、隣の部屋からは「しのぶ！　ちとせ！　こっち！」と子どもたちを呼ぶ二番目の姉、茜の声が聞こえる。梢はベッドで暴れる姪たちの手を引き、無言で隣室の姉のもとに戻しにいってから、またねころがって牛車の画像を眺めた。

つくづくと、世界には、いろんな牛車があるものだ。みていると、なんだか苦しいような気持ちになってくる。梢は牛車に乗りたいと思った。牛のひく車に乗って、世界を旅したい。だれもいない、静かで見晴らしのいいどこかまで、牛に連れていかれたい。

毎朝梢を学校に連れていくのは、牛ではなくて、うえの姉の愛である。

梢が家を出る時間帯、母親は一家の朝食の準備と自分の出勤の準備でいそがしく、茜は保育園にいく娘たちの世話でいそがしく、茜の夫の大輔さんはまだ寝ている。父親は五年まえから栃木県に単身赴任をしており、いない。梢はほんとうならバスで登校すればいいのだが、往路だけでもバス代を節約するため、パート先の運転免許センターに車で出勤する愛が、学校の近くまで送っていくことになっている。

運転免許センターに勤めているわりに、愛は運転がへただった。牛ではないが、牛のようにのろのろ運転する。そのわりに止まるべきところで止まったりしないので、よくクラクションを鳴らされる。

「お母さんは、わたしたちも仁義を立てろといっていたよ」

運転の途中で、愛がいった。

「え。あれからそういう話になったの？」

梢は昨晩、姉が部屋に帰ってくるのを待たずに、牛車の画像を眺めながら寝てしまったのだった。

「そう。そういう話」

「わたしにも、仁義があるの？」

「あるらしいよ」

「仁義って、立つの？」

「立つらしいよ」

今回、梢たちの母親がむきになって仁義を立てようとしている相手は、実の弟の博己《ひろみ》と、その妻だった。

二年ほどまえ、子のない老齢の伯母、梢にとっては祖父の姉の介護問題をめぐって、ちょっとした考えのちがいから、姉弟の仲がもつれた。以来、関係は断裂したまま、冠婚葬祭がらみで必要なことがらはすべて二人の妹、由美枝を介して連絡された。その由美枝が先週、博己の妻である麻由子さんの肝臓に小さな腫瘍が見つかり、東京の病院に入院して手術することになった、と電話で知らせてきた。母いわく、弟を許したわけではないが、麻由子さんの一大事とあっては、四の五のいっているばあいではない。私怨はさておき、ここは親族としての仁義を立て、金一封でも持参して、一家全員で見舞いにおもむかなくてはならないというのである。

「こずが生まれるときの話だけど、切迫早産かなにかでお母さんが絶対安静にしなきゃいけなかったとき、麻由子さんが東京からうちに来て、洗濯したりご飯を作ったりしてくれたんだよね。だからまあ、うちの一家はやっぱり、麻由子さんには、仁義あるよね」

その話なら、梢もまえに母親から聞いたことがあった。母親とひろ叔父さんが絶交して以来、しばらく麻由子さんには会っていない。麻由子さんは、総じて主張が激しく、荒っぽい母方の親戚筋のなかでは、目立っておとなしく、気持ちの優しいひとだった。だからその麻由子さんが病気だといわれれば、梢は自然と心配になる。

「べつにわたしは、仁義とか関係なしに、お見舞いいくよ。わたし、麻由子さんすきだもん」

「あっそう」

「うちのみんなで行くの？　しのぶちゃんたちも？」

「しのぶたちも行く。あとゆみ叔母さんも。でも、お父さんと大輔さんは行かない」

「お父さん、行かないんだ」

「土曜は工場で運動会があるんだって。お母さん怒ってたけど」

「お父さん、運動会出るんだ」

「リレーの練習、チームでずっとやってたから、出ないわけにはいかないんだって。お父さんにはお父さんの仁義があるんでしょ」

「お父さんが走ってるところ、みたことない」

「わたしもない」

「みにいってあげなくていいのかな」

「いいでしょ。それよりあーあ、土曜は髪を切りにいこうと思ってたのに。ほら。みて。毛先、ばっさばさでしょ。あとで枝毛切ってくれない？」

愛はハンドルから片手を離し、シュシュでくくってあるロングヘアの毛束を梢につきつけた。

それから二人とも、無言になった。朝の車のなかではたいてい、姉も妹も、それぞれ黙って考えごとをしている。ところがいつも落としてもらう交差点の一つ手前の赤信号で車が停止したとき、愛がまた口を開いた。

「新橋の病院なんだって」

梢は、どきんとした。新橋。新橋といえば、思いあたることはひとつしかない。

ふーん、といって、梢はなんでもないようなふりをしたけれど、こころのなかでは、おおいに動揺していた。

「お見舞いが終わったら、みんなで銀座に行ってお茶するんだって。わたし、疲れたら途中で帰るかも」

信号が青に変わると、愛はゆるゆると車を進めて、いつもの交差点まで進んだ。信号はまた赤だった。停車線をちょっと越えたところで梢が車から降りようとすると、信号が青に変わって、うしろから猛スピードで近づいてきた黒いセダンが、ビーッと長いクラクションを鳴らした。

愛は表情ひとつ変えず、梢が助手席のドアを閉めると、またゆるゆる、のろのろ、道を進んでいった。

朝の車中でのやりとりが尾を引いて、学校にいるあいだ梢はずっと、長姉の元結婚相手のことを考えていた。

漢字でどう書くのかはもう忘れてしまったけれど、名前は、としはるさんという。新橋の銀行で働いていたとしはるさん。一時間目の生物の時間、黒板に描かれたゾウリムシの細胞構造図を眺めながら、自分が久々にとしはるさんのことを思い出した、というふうな体でとしはるさんのことを思い出しているのに気づいて、梢は恥ずかしくなった。実際には、梢はとしはるさんのことを、すくなくとも日に一度は思い出している。

五年まえ、結婚相手として姉がはじめてとしはるさんを家に連れてきたとき、梢はすなおに、あい姉ってすごい、と思った。正確にはあい姉のだんなさんがすごいのだが、そういうひとと結婚するあい姉が、やっぱりすごかった。としはるさんは背が高く、鼻筋の通ったハンサムで、ふちなしの眼鏡をかけていて、ぴっちりとネクタイを締めた、東大卒のエリート銀行マンだった。だまっていても目尻に細かいしわが寄っていて、ハンサムながらも額の生えぎわはややうしろ寄りだったので、姉よりだいぶ年上にみえたけれど、実際には、ひとつ年上なだけだった。

としはるさんはとても内気でまじめなひとで、親戚の集まりがあっても、ほとんどしゃべらなかった。お酒も飲まず、部屋のすみっこのほうで、そういう集まりが大きらいな愛と、居心地わるそうに小さくなっているだけなのだ。ときどき、酔っぱらいが若夫婦にいきなり話を差しむけることもあって、そういうとき、愛のほうでは無愛想なみじかい返事をするか、無視するかのどちらかだったけれど、としはるさんは、いつもていねいで控えめなコメントを返した。すると、「さすが東大」「東大」とまわりから賛美と皮肉のエコーが始まって、としはるさんは赤面し、背を丸めて、ますます小さくなってしまう。

あれってほんと、かわいそうだったな。四時間目の体育の時間、すずかけの木に囲まれた校庭のトラックを走りながら、梢はしみじみ思い出す。でもとしはるさんのそういうところが、年の離れた二人の姉に意地悪なことをいわれても、うまくいいかえせない自分と重なって、梢は親近感を抱いたのだった。

あるとき、そういう親族の集まりの席で、おそらくは例の大伯母さんの通夜ぶるまいの席かなにかだったのだが、若夫婦にまだ子どもがいないことについて、だれかがあからさまにげすい冗談を飛ばしたことがあった。としはるさんはそれをいつもどおりまじめに受けとめて、しかし珍しく、声を荒らげて正論で返した。親戚一同はしーんと静まりかえり、気まずい空気がただよった。そのときこそっと、どこかのおばさんが、「東大は頭が良すぎてダメだ」とつぶやいた。梢はくやしかった。そのころには、すっかり内気でまじめな義兄に肩入れしていた中学三年生の梢は、義憤にかられ、だったらわたしもとしはるさんとおなじ東大に行ってみせる、東大に行って、頭が良くったってぜんぜんダメじゃないってことをみんなに証明してみせる、と誓い、あまり努力せずに入れそうな地元の高校から、東大進学者も出している隣の市の女子高に志望校を変えた。

必死の努力が報われ、志望校にはめでたく合格したけれど、合格と同時に姉ととしはるさんは離婚した。いざ高校に入ってみると、やはり進学校だけあって志の高い子女が集まっており、梢はみるみるうちに落ちこぼれた。としはるさんとはもう会えないと思うと、気持ちがどんどん楽な方向に流れはじめ、東大の夢は遠ざかった。

いま、こんな無気力な自分をみたら、としはるさんはがっかりするかもしれない。

昼食の時間、梢はクラスでまあまあ仲の良い四人組のグループに入って、母手作りのお弁当を広げながら、いまの自分をにがにがしく思う。

六時間目の数Ⅱが終わると、梢はすぐにバスに乗って家に帰った。帰宅するやいなや、制服のジャンパースカートを脱いでセーターとジーンズに着替え、また家を出て、近所を流れる川の堤防を歩く。雨の日も風の日も、必ず梢はそうして歩いた。歩きながら、散歩している犬をみたり、バッタがアスファルトの道を横断するのをみたり、自分とおなじように一人きりで歩いている年老いたひとたちをみるのがすきだった。

ふだん梢がとしはるさんのことを思い出すのも、そうして堤防を歩いているときなのだが、今日は朝からとしはるさんのことを考えていたため、頭のなかのとしはるさん像が、いつもよりなまなましい。朝のうちは、新橋で働くいまのとしはるさんの出勤すがたとか、ありし日のとしはるさんの言動を想っているだけだったのが、一日じゅう妄想につかっているあいだに、もしかしたら、あい姉は今度のお見舞いのついでに新橋でとしはるさんとの再会をもくろんでいるのではないか、そのついでに、元義妹のわたしも、としはるさんに会ってしまうのではないか、というところまで考えが発展していた。

立ちどまって住宅街のほうを振りかえると、夕焼けに照らされたねぎ畑と家々が、そこに生きて暮らしているものがいるとは思えないくらい、さびしく、くすんで遠くにみえる。反対を向くと、川を渡って吹きつけてくる十一月の風がつめたい。気づけば堤防のうえを歩いているひとは、みな冬のコートを着ていた。散歩している犬さえも、なにか着させられていた。セーター一枚の梢は、寒いのよりも、唇がカサカサなのが気になった。

そろそろ帰ろうと歩きだしたところで、幼なじみの瑠奈《るな》から、黒目が拡大されてハムスターの顔になっている自撮り動画が iPhone に送られてくる。瑠奈はアプリケーションを使ってこういう加工をするのが大すきで、パン屋のアルバイトの休憩時間に、しょっちゅううさぎとか、コアラとか、宇宙人とか、モナリザになった自分の顔を、梢に送ってくるのだった。いまから家いっていい？　とメッセージが届いたので、梢はいいよ、と返事した。

堤防を下りる坂の途中、毛糸のベレー帽をかぶり、分厚いマフラーに顔を半分うずめるようにして、手押し車を押しているおばあさんとすれちがう。名前は知らないけれど、何度かこのあたりでみかけたことがある。梢が軽く頭を下げると、相手も同じように頭を下げた。瑠奈もいいけど、たまにはああいうひとと、長くゆっくり、くつろいだところでおしゃべりをしてみたいな、と思った。しゃべらなくても、ただ黙って、なんにもいわずに、一緒に座っているだけでもいい。

梢はときどき、自分のことを、十七歳からあとの記憶をぜんぶ失くしてしまった、七十歳のおばあさんのように感じる。

三十分後、幼なじみの瑠奈が原付自転車に乗って三木元家にやってくる。

葵の上と六条御息所があの便利な乗りものをみたら、すごくびっくりするだろうな、と窓からみおろす梢は思う。

瑠奈にはあとで、カメラロールに保存しておいた牛車の写真をみせよう、そうひとりぎめして玄関まで迎えにいくと、しのぶとちとせが、ばたばた階段を下りてきた。

「こず、ちとせのトイレみてやってくれない？」

うえから姉がいうので、梢は子どもたちのトイレに付きあい、手を洗わせる。それから玄関に向かうと、すでに瑠奈のローファーが靴脱ぎに並べてあって、部屋に戻ると、姉の万年床にあぐらをかいている本人がいる。

「こずんちって、昭和」この家にくるたび瑠奈はいう。「でも落ちつくからすきだよ」

瑠奈の家は、お父さんとお母さんと瑠奈だけが住んでいる。もちろん、自分だけの部屋だってある。瑠奈の家だけではなく、高校のクラスメイトの大半の家がそうだった。なんでうちだけ、こんなにたくさんひとが住んでいるのか、梢は意味がわからなかった。あきらかな原因は、結婚した茜の一家四人がマイホーム資金を貯めるために二階に居候しているからなのだが、それならなぜだんなさんがわの実家ではなく、こっちがわの実家なのか、やっぱり意味がわからなかった。

「ねるときまでだれかと一緒なんて、気が休まらなくない？」

瑠奈の、腰のところで折りあげたチェック柄の制服の短いスカートから、みっちり肉付きのよい太ももがのぞいている。一ヶ月会わないでいたあいだに、また化粧が濃くなった気がする。色が白くて、鼻先がくいっとつままれたみたいにうえを向いていて、ちょっとだけエル・ファニングに似ている瑠奈。

「ねちゃえば、一人でねても二人でねてもあんまり変わらないと思う」梢はベッドにからだを投げだした。「あい姉はよくひとりごというし、隣のあか姉はよくだんなさんとけんかしてるし、しのぶちゃんたちもしょっちゅう泣いたりわめいたりしてるけど、慣れるよ。それより最近、お母さんがしたでハーモニカ吹くから、それがちょっとうるさい」

「ほんとすごいね、こずんち。サザエさんちみたい。あんまりみたことないけど」

「タマみたいな猫飼いたい。犬でもいい」

「飼えないの？」

「動物は死ぬからやだってお母さんがいってる」

「人間だって死ぬじゃん」

死ぬよね、といいかけて、梢は入院している麻由子さんのことを思い出し、縁起のわるいことをいうのはダメだ、と口をつぐんだ。そんな話より牛車の写真をみてもらおうと、枕元に転がっているiPhoneをつかんだところで、瑠奈が「だれのお見舞い？」と聞いてくる。

瑠奈の視線の先には、壁のカレンダーがあった。土曜日の欄にあった「かみ」という姉の字がバッテンで消され、「おみまい」と直してある。

「土曜日ね。親戚のおばさんのお見舞いだよ」

「こずも行くの？」

「うん。お父さんとあか姉のだんなさん以外、みんな行く」

「どこの病院?」

「東京の病院……新橋の病院」

「東京!」

「遠いよね」すると瑠奈はまた「東京!」と目を丸くする。

その反応から、梢は、二人で渋谷に買いものに行こう、とずっとまえに瑠奈と交わした約束がずるずる後回しになってしまっていることに思いあたって、急にきまりわるくなった。

「だったらこずに頼んじゃおう」

瑠奈は思いがけずベッドに上がってきて、梢ににっこりわらってみせる。

「なに?」

「みてきてほしいひとがいるんだ」

それから始まった説明は、梢には突飛に思えることがらばかりで、にわかには理解するのがむずかしかった。要は、インターネット上で知りあった男をみてきてほしい、という内容なのだった。

その男と瑠奈は、インターネットのマッチングサイトを通して一ヶ月まえに知りあって、いまではほとんど毎日メッセージのやりとりをしているのだという。そのサイトは、

「バイト先の二十八歳の先輩が登録してる、ちゃんとした」出会い系サイトで、瑠奈は身分をいつわって、二十歳の大学生というプロフィールで登録をしているという。

アルバイトがいそがしいとは聞いていたけれど、ひと月会わないあいだに、瑠奈がそんなあぶない遊びにはまっていたと知って、梢は仰天した。小学生のときから、総合の時間にも、夏休みまえにも、さんざんインターネット上での匿名交流の恐ろしさについて脅されてきたというのに、どうしてこんなにも軽々とその脅しを乗りこえられるのか、梢にはさっぱりわからない。

「結婚を前提としたお付きあいを求めてるひとが集まるような、まじめなサイトなの。だから、からだ目的とかではないよ」

「瑠奈、結婚相手を探してるの？」

「探してないよ」

「じゃあなんでそんなことするの？」

「先輩が、一回わるいやつにひっかかったの。まじめなサイトなのに。だからわたしがこらしめてやろうと思って」

「え？　そのひとと会おうとしてるの？」

「そのひとは先輩からお金をまきあげて、やりすてして、もう音信不通だよ。だからべつの、似たようなやつをこらしめる」

　梢にはやはり理屈がむずかしい理屈だったけれど、瑠奈は自分の考えにすっかり夢中になっているようだった。

「登録すると、いろんなひとが声かけてくるんだよ。みてるだけだと、けっこうおもしろい。なかでもいちばん怪しいやつがこいつなの」

「瑠奈。こないだお母さんたちが『警察24時』みてたけど、いまって、サイバー補導とか、あるらしいよ」

「なにびびってるの？　わたし、そんなのにひっかかるほどバカじゃないし。とにかくこれみて。こいつなの」

　差しだされた画面に顔を近づけて、梢は写真をよくみる。わるくはなかった。ちっともちゃらちゃらした感じではなかった。それどころか、うえの姉が働いている、運転免許センターの受付に座っていそうな感じの、まじめで元気そうなひとだった。

「このひと、何歳？」

「プロフィールでは、うーん、二十九歳だったかな。ぜったい本名じゃないと思うけど、ユージっていう名前。ちなみにわたしは瑠奈じゃなくてジュリね。ユージとジュリ」

　瑠奈は画面をスワイプして、男のプロフィール欄をみせてくれる。するとすぐに「1

988年生まれ、辰年」という文字が目に飛びこんできて、梢は一瞬で胸を打ちぬかれた。

「このひと、辰年なの？」

「は？」

「辰年って書いてるけど」

「ああ、ほんとだ。なんで干支書くんだろうね」

「辰年なんだよ」

「そうらしいけど、だからなに？」

梢は動悸がしてきた。としはるさんも辰年だった。ひと回り年下の梢も辰年だ。それは数すくない、そして忘れがたく、決して揺らがない、二人の共通点だった。

「このひとに、わたしが会うの？」

「会うっていうか、みてきてほしいだけ。土曜に渋谷で会う予定なんだけど、行って遠くから顔をみてすっぽかすか、行かずにただすっぽかすか、迷ってたの。でもこずが東京に行くなら、ついでにこずにみてきてもらう。お見舞いのとき、ちょっとだけ一人で抜けだしても大丈夫でしょ？　できればこいつの顔、カメラで隠し撮りしてきて。送ってきたこの写真と、ぜったいちがうと思うけど」

「でも、それで……それでどうするの？」

「べつに、どうもしないよ。わるい男たちへの、ちょっとした復讐っていうところかな。約束をすっぽかすくらいなら、かわいい復讐でしょ。会ってなにかするのは危ないし、ちょっとがっかりさせてやりたいだけ。こういうのも、いつもうちらがやってる、学校では教えてくれないいとなみの勉強の一環だよ」

「でも、もしこのひとが本気だったらどうするの？　その、つまり、もし真剣に、結婚相手を探してたりしたら……」

「知りあって一週間で会いたい、会いたい、っていってくるやつなんて、ぜったい真剣じゃないよ。遊びに決まってるじゃん」

　瑠奈は、先月買いかえたばかりだという大きなピンク色の iPhone で、新橋から渋谷の乗り換え案内を調べはじめた。それからほどなく、地下鉄の銀座線を使えば二駅間をたった十三分で移動できるということを発見し、また一人で盛りあがった。じゃあこいつとは銀座線の改札口で待ちあわせってことにしよう、そうすれば梢は改札を出なくてすむでしょ、それにいざというときには改札のあっちとこっちだし、駅員さんもいるし……そうして話を勝手にまとめ、梢が反論しあぐねているあいだに、さっさとユージに連絡してしまった。

話がひととおりすむと、瑠奈は「じゃあ、いとなみの勉強する?」とねころがって、iPhoneを横向きにした。しばらくまえから瑠奈は、これもまたバイトの先輩にやりかたを教わったのか、iPhoneにダウンロードした性的な動画を、学校では教えてくれない「いとなみの勉強」として、この部屋で梢と一緒に視聴するようになっていた。

梢はまだだれともつきあったことがないし、キスの経験も、それ以上の経験もない。瑠奈もおなじだと思っているけれど、この感じでは、もうどうだかわからない。高校のクラスメイトのなかには、すでに彼氏とすすむところまですすんでいる子たちもいて、一度そういう子たちの話に聞き耳をたててみたところ、「やったあと、股が痛すぎて歩けなかった」というショッキングなことばが聞こえてきたので、梢は戦慄した。

基本的に、男性のほうがつっこむがわで、女性のほうはつっこまれるがわなのは、保健体育の授業でも習っていたし、モザイク越しにでもよくわかった。今日も、瑠奈とはんぶんこしたイヤフォンでいとなみに伴うさまざまな音声を聞きながら、そもそも性器がそういう形状になっているから、股が痛くなったり、わたしたち女子はしじゅう口うるさく、気をつけろといわれるのではないだろうか、と思いいたって、梢はなんだか憂鬱な気持ちになった。生理中に胸がはって痛いのも、した腹が重くなるのも、将来、出産で痛い思いをするのも、まだ我慢できそうだ。でももし、性器の形状だけが男女逆だったら、わたしたちはこんなに脅されなくてすんだんじゃないだろうか。自分のすきな格好をして、すきな場所を、すきな時間に、すきなだけ歩けたんじゃないだろうか。

そんなことを考えながらもやもやしているうちに、動画は終わった。眉間に皺を寄せてみていた瑠奈は、はーっと息をついてiPhoneの画面を消すと、枕元に転がっていた『あさきゆめみし』をぱらぱらめくった。そうだ、牛車の写真をみてもらうんだった、と梢が思い出したところで、瑠奈は漫画本を置き、「じゃ、そろそろ帰ろっかな」と立ちあがった。

帰りぎわ、瑠奈はもう一度念を押した。当日、瑠奈あらためジュリは白いスカートをはいていく、ということになっているそうだから、白いスカートは禁止ということだった。

それが目印になるから、こず、みつけられないように、ぜったいぜったい、白いスカートだけははいてっちゃダメだからね。


土曜の朝十時、三木元家の女たちは団子のようにかたまって、緑とオレンジの線が入った銀色の上野東京ラインに乗る。

母親の計画によると、この電車は東海道線直通なので、目的の新橋までは乗りかえなしで行くことができる。新橋からはちょくせつ病院に向かわず、あらかじめ予約してあるレストランで昼食をとり、それから運賃百円のコミュニティバスに乗って、病院に到着することになっている。

大宮駅からゆみ叔母が乗ってきて、一家に合流した。叔母はパステルカラーの、あいまいな柄のシャツに紺色のコートを着ていて、首にはスカーフを巻いていた。シャツとスカーフの色がちがうだけで、あとは打ちあわせたように、梢たちの母親とおなじ格好だった。それまでは、シートの端から茜、しのぶ、ちとせ、梢、母親、愛の順番で座っていたけれど、ゆみ叔母は微妙にあいていた梢と母親のあいだに割って入り、そのまま母親と世間話を始めた。小さなしのぶとちとせはとつぜん登場したこの中年女性にあまり慣れておらず、それまで小競りあいをしていたのを急にやめて、それぞれ持ってきた『ヒミツのここたま』の絵本を開いておとなしくなった。

母親とゆみ叔母は、最初はひろ叔父一家の最近のようすと、麻由子さんの容体について話していたけれど、肝臓というキーワードからレバーのおいしい焼き鳥屋の話になり、おいしいというキーワードから「餅のいち押し」というせんべいアソートがおいしい、という話になり、それからどんどん脇道にそれていったあげく、エビの話になった。

「こないだものすごく大きい有頭エビを買ったんだけどね、背わたをつまようじでとるでしょ？　頭と胴体？　のあいだにつまようじを刺してさ、ひっぱると、にゅーって背わたが出るじゃんね」

「出るね」

「それだけどそのエビはさ、やっぱりすごく大きいだけあって、背わたをずーっとひっぱってもね、切れないの。すごい長いの。びっくりした。エビ本体の三倍くらい長いのが出てきた」

「てえ」

「びっくりしたわ。人間の腸だって、まっすぐにするとめちゃめちゃ長いっていうじゃない？」

「お母さん、背わたは腸じゃないよ」いちばん端にいた愛が口を挟む。

「え、腸じゃないの？　じゃなんなの？」

「知らないけど、腸じゃないよ」

「あれは腸よ。だって腸じゃないならいったいなんなのよ」

黙って大人たちの話を聞きながら、梢は膝に載せたリュックサックをときどきそとから押してみた。なかに入っているものが、爆弾のように感じられてどきどきする。この感じは、小学生のころ、学校に持ってくるのを禁じられた制汗剤をトイレで脇に塗っていたときのあの感じに、すこしだけ似ている。あの制汗剤はあか姉ではなく、確かあい姉に借りたものだ。

予定の時間ぴったりに新橋に着くと、これもまた母親が事前に計画を立てていたとおり、一行は駅からほど近いところにある和食のレストランに向かった。なんでも、母親が東京に詳しい職場の社長の奥さんに相談して、値段と場所を熟慮して決めた店だそうだ。

レストランは駅を出て、ロータリーをぐるりとまわった向こうがわのビルの二階だった。ビルの手前の横断歩道で赤信号になったとき、愛が「お母さん、花買わなくていいの」といいだした。

「え？　花？」

「お見舞いだから、花持ってったほうがいいんじゃないの」

「でもお見舞い金を持ってくから。花瓶があるかもわからないし、べつにいいんじゃないの」

「いまは花瓶がいらない、カゴに入った置くだけの花束もあるんだよ」

「ふうん」

「さっき、花屋があったけど」

花ねえ……母親はことばをにごした。みるからに、あまり乗り気ではなさそうだった。

梢は姉のいうとおり、お見舞いにはお花を持っていくものではないかと思ったけれど、実際にちゃんとしたお見舞いに行った経験がないので、それはドラマや小説のなかだけの話であって、現実の病人に必要なのは花ではなくて金なのかもしれないという考えもうかび、そのゆとりのなさがいかにも現実らしく思えたので、黙っていた。事実、叔母も茜も、愛には加勢せず黙っている。しのぶとちとせまでが、なんだかうらめしそうな顔で愛をみている。

「いいよ。じゃあわたしが花買う。すぐ行って帰ってくるから、先になか入ってて」

食べたあとでいいじゃない、という母の言葉は聞かず、愛は背中を向けて駅のほうに戻っていった。

「まったく。みえっぱりなんだから」

母親が鼻を鳴らしたところで信号がちょうど青になり、愛をのぞいた六人は横断歩道を渡ってビルのなかに入った。

出てきたレストランの店員は、だれかが予約の名を口にせずとも、小さな子どもたちをひと目みるなり、一行を窓際の座敷席に案内した。奥に母親、ゆみ叔母、梢が座り、手前に茜と子どもたちが座る。子どもたちが端から並んで座ったので、このままいくと遅れてきた愛が茜の隣に座ることになる。それは気まずい、と梢は危惧したけれど、座りなおすにはもう遅かった。

愛と茜の不仲には、もう七年近くの歴史がある。

原因は、二人の大好物のささみの天ぷらだった。夕食の席で、大皿に残った最後のひとつを食べた、食べてないで大げんかになっていらい、ずっと口をきいていない。天ぷらひとつで、どうしてここまで意地をはれるものなのか、当時小学生だった梢でさえ呆れてしまったけれど、実はその天ぷらを食べたのは、梢なのだった。すぐに白状してしまえばよかったのに、本気でののしりあっている姉たちの形相があまりにおそろしくて、どうしてもいいだせなかった。それ以後、ちょうどいま、母親とひろ叔父がゆみ叔母の仲介で意思疎通をしているように、姉二人のあいだでどうしてもやりとりが必要なばあいには、小さい梢が御用聞きとなって、二人のあいだを行き来した。最後に預かった伝言は、うえの姉からの、「記憶にないけれど、あのときは就職活動がきつくて疲れていたし、もしかしたらわたしが食べてしまったのかもしれない」というものだった。したの姉は思案顔になって、もう行っていいと梢にいったけれど、結局その後も梢が返事を預かることはなく、それからまもなく愛は東大卒の男と結婚して家を出ていった。三年後、離婚した愛が実家に舞いもどってきたあとも、二人は口をきかなかった。梢はどちらの姉ともそこそこ仲良くやっていたけれど、根強い疎外感からはなかなか抜けだせなかった。それは幼いころ、年の離れた姉たちが退屈しのぎに梢を泣かせるため、「こずとわたしたちのあいだには、ほんとはもう一人お姉ちゃんがいたんだよ」と真顔でいったことを忘れられないからで、そのほんとはいたもう一人のお姉ちゃんというのが、梢には、いまだ自分と姉たちのあいだに挟まっているような気がしてならないのだった。

大人三人と子ども二人がそれぞれ注文を決め、梢一人がメニューをまえにぐずぐず悩んでいると、ようやく愛が戻ってきた。手には大きな紙袋を下げている。

「まあ立派なの買ったね」母親はテーブル越しに袋のなかをのぞきこむ。「いくらだった？」

「五千円」

「五千円！」

「わたしにも仁義ってものがあるから」

座敷に上がった姉は、梢たちの側にはもう座る場所がないことに気づいて、さっと茜の隣に座った。梢はメニューを横にして、向かいがわの姉にもみえるようにしてやった。脇に置いた紙袋からは、おおぶりのピンク色の花がのぞいている。

「きつねうどん御膳」

即座に姉が決めたので、梢もなんだかめんどうくさくなって、おなじものを頼むことにした。注文をすませて料理が運ばれてくるのを待つあいだ、茜が「トイレいってくるね」と娘たちと席を離れ、帰ってきたときには、自分が端に座り、愛とのあいだには娘たちを並べた。特に意図はなく、自然とそうなった行為であるのかもしれないけれど、このようなさりげない敬遠が、いまでも梢のこころを苦しめる。それに、さっきみたいに愛だけがちがうことをいいだして母と対立するとき、茜はたいてい沈黙することで、母の味方につく。

「このあいだ、職場のみんなとスタバに行ったときにさ」

母親は久々にゆみ叔母と会えてうれしそうだ。電車に乗っているときから、ずっと話が止まらない。梢たちはふだん、母親の話をあまり真剣に聞いていない。

「アイスコーヒーを頼んだら、すっごく甘いコーヒーが出てきたの。半分ガムシロップなんじゃないかと思うくらい。すぐ替えてもらった」

「へえ、そんなことあるんだね」

ゆみ叔母は心底おどろいたという体で、目を丸くする。

「あそこのコーヒーは、店では淹れてないのよ。できあいの、砂糖入りのコーヒーと砂糖なしのコーヒーがあって、そのときは店員がまちがえたんだと思う」

「そんなわけないじゃん」水をさすのはまたしても愛だった。「カウンターのまうしろに、コーヒー淹れる機械がデーンとあるでしょ。あれで淹れたのを、冷やして出してるんじゃないの」

「いやちがうね。じゃなかったらあんなあまあまのおかしなコーヒーが出てくるわけないもん。どこからかパックで仕入れてるコーヒーをそのまま出してるんだよ」

「そんな大声でいうのよしなよ。スターバックスの営業妨害だよ」

テーブルの雰囲気がじょじょに不穏になってきたところで、料理が到着した。

こころの休まらない食事だった。お子さまうどんセットをおとなしく食べていたしのぶとちとせは、おなかが満たされたとたん短くちぎったうどんでテーブルに絵を描きはじめたり、ポテトサラダに突き刺さっていた旗を投げあったりしはじめた。最初は「食べものであそばない！」「ちゃんと食べなさい！」と叱っていた茜だけれど、途中からあきらめてなにもいわなくなった。そのかわりにテーブルの反対がわから、子どもたちの祖母と大叔母が、よく似たわらい顔であれこれことばをかけて、二人を落ちつかせようとした。一方隣にいる愛は、我関せずといった顔で、黙ってうどんをすすっている。

梢もほんとうは、姉たちのように気にせずうどんをすすっていたかったのに、ついつい隣の中年二人組につられて、子どもたちの機嫌をとろうとヘンな顔をしてみせたり、歌いかけたりしてしまう。そうしている途中、ふと、二人の姉、二人の姪、母親と叔母、自分以外がみな、それぞれ姉妹の二人組であることに気づく。

梢もまた、そのうち一組の姉妹の一員であるはずなのに、姉二人によるむかしの脅しの効果はいまもよく効いていて、こんなときでも梢をはみだしものにさせ、こんなにもみんなと一緒にいるのに、一人で堤防を歩いているときのような気持ちにさせるのだった。

食べおえてからも、一行は三十分近くもお茶を飲みながらだらだらと座敷に居座り、コミュニティバスの出る十分まえになってようやく店を出た。

やってきた小ぶりのバスにはだれも乗っていなかった。並んで座れる座席はうしろの一列しかなかったので、そこに茜と子どもたちと母親が座り、あとの三人はそれぞればらばらに座る。

バスのなかは空調が効いていて暖かく、腹いっぱい食べたせいでジーンズのウエストがきゅうくつだった。梢ははやくもウトウトしかけた。いちばん運転席に近いところに座っている愛は、ずっと窓のそとをみていた。ここは新橋なのだ。再会をもくろんでいる気配はいまのところ皆無だけれど、あい姉はきっととしはるさんのことを考えているにちがいないと、うしろからみている梢はせつない気持ちになった。聞けば姉はぜったいに否定するだろうし、そもそもそんな質問は口が裂けてもできないのだが、もし仮に、自分がむかし結婚していた相手が働いている街にいるとして、その相手のことを思い出さずにいられるとは、とても思えなかった。

「辰年生まれは、運が強いんだよ」

姉と離婚するすこしまえ、としはるさんが自分にいってくれた一言が、梢はどうしても忘れられない。

「だから梢ちゃんもぼくも、いまはじっとがまんだよ」

夕食のテーブルで東大を目指すと宣言して、家族全員に笑われたときのことだ。その日は単身赴任中の父親も帰ってきていて、愛もとしはるさんを連れて帰省していた。父親のまえでというより、としはるさんのまえでみんなに笑われたことが、梢は恥ずかしくてしかたなかった。でも帰りぎわ、としはるさんはそっと梢に近づいてきて、「がまんだよ」と励ましてくれた。

いま思えば妙なことだが、としはるさんは、やたらと干支にこだわるひとだった。愛の婚約者としてはじめて彼が三木元家に招かれ、父の命令で家人が小さいものから順に自己紹介をさせられたとき、梢が当時の年齢をいうと、としはるさんは即座に「辰年ですね」と返した。そしていった、「自分も同じです」と。それからも、姉との会話に耳をすませていると、しょっちゅう「あのひと寅年でしょ」とか、「巳年のひとはそうなんだよ」とか、「え、そのひとなに年？」とかいうことばを口にしていた。そんなとしはるさんにたいして、婚約時代の姉は「やだ、としくん、おばあちゃんみたい」とうれしそうにわらっていたけれど、結婚して一年経ったときには、「そういうのやめて」とつめたくあしらっていた。でも梢は、干支ってなんかうけるな、と思ったので、ひそかに親族の干支一覧表を作成し、義兄にだれの干支を聞かれてもこたえられるよう、親族の集まりがあるときには前夜にそれを暗記した。

一度、思いきって、「なんでそんなに干支がすきなんですか」と聞いてみたこともある。するととしはるさんは照れわらいをうかべながら、「自分はおばあちゃん子で、おばあちゃんが干支にこだわるひとだったから」とこたえ、そのこたえがまた、梢を舞いあがらせた。梢もおばあちゃん子だったから、おなじだと思ったのだ。例の喪の席で、子づくりがらみで品のない冗談をいったのは申年のおじさんだったけれど、あとになって梢が「あのおじさんは申年です」と教えると、としはるさんは、「ならしかたないね」と力なくほほえんだ。もしかしたら、としはるさんのそういうところも、離婚の原因のひとつになったのかもしれない。

ゆえに梢は、瑠奈がインターネットで知りあい、自分がこれからその顔を見物しにいこうとしている男、遊び人だと瑠奈は決めつけているけれど、実はまじめに結婚相手を探しているかもしれないその男が、実はとしはるさんなのではないかという思いつきを、この期に及んでも捨てきれなかった。なにしろ、プロフィール欄にわざわざ「辰年」と書くようなひとなのだ。としはるさんは、姉と離婚して、新しい結婚相手を探しているのではないか。内気なとしはるさんのことだから、いつわりの写真を使い、こうしてひっそりインターネット上で出会いを求めているのではないだろうか。

まぶたが重くなってくるのをこらえて、梢はかっと目を開いて、新橋の街をみつめる。

バスは人気のない土曜のオフィス街の大通りをのろのろと走り、おなじような角を何度も曲がった。そのうち車内放送が病院まえの停留所をアナウンスし、しのぶとちとせが競って下車ボタンを押した。

麻由子さんが入院しているのは、敷地内にいくつも病棟がある、立派な大学病院だった。

先頭を歩く母親は見舞客用の入り口をみつけると、そのまま堂々と受付窓口を通りすぎ、通路を歩いていく。

「ちょっとお母さん。受付でなんか書かないと」

いちばんうしろを歩いていた愛がわざわざ走って母親の腕をつかんだけれど、母親は「べつに大丈夫でしょ」と腕を振りはらい、そのままずんずん先に進んだ。梢は受付のひとが止めにこないか心配で、何度も振りむきながらあとをついていったけれど、だれも追いかけてはこなかった。

通路には、パジャマすがたの入院患者が、壁に貼られたさまざまな用紙を眺めている。なかには梢とおなじ年ごろの少女もいた。少女だけではなく、おとなも老人もパジャマだった。これが病院の日常なのだとわかっていても、パジャマすがたの他人はとても無防備に見えて、梢はいいようのない不安を覚えた。

「十四階。十四階に行けば、ひろが待ってるはずだから」

エレベーターに乗って十四階に運ばれていくと、正面にナースステーション、左手には観葉植物にかこまれた、すばらしい展望のロビーがあった。大きな窓からは、東京タワーと、紅葉した木々にこんもり囲まれた近くの寺院、高層ビル群、こまごまとした東京の街並みがよくみえる。いつも堤防からみおろすくすんだ住宅街とはちがって、晩秋の澄みきった青空のもと、このあざやかでにぎやかな街は、地の果てまで栄えて広がっているようだった。

しかしながら、かんじんのひろ叔父がどこにもいなかった。完璧に組みあげられた母親のプランのなかで、今日はじめて、予定外の出来事だ。

「あれいない。どこだろう」

「待って、姉ちゃん。電話してみるから」

ゆみ叔母が電話をかけると、ひろ叔父はまだ病院にはおらず、さっき調布の家を出たところだという。電話を終えてゆみ叔母がそのことを伝えると、母親は激怒した。

「なんでいないのよ。まったく。ちゃんと時間を決めてあったんでしょ？　せっかくあたしたちが、田舎から雁首《がんくび》揃えてノコノコここまで出てきたっていうのに」

「あと一時間くらいで着くから、待っててだって。いいじゃん姉ちゃん、そこで待ってようよ」

「一時間もここでなにするんだよ。しのぶたちも退屈するだろうし、もう、麻由子さんに金だけ渡して帰ろう」

「そんなの失礼でしょ」愛がここぞとばかりに割って入る。「金だけ渡せばいいっていうんじゃないでしょ。しかも病人本人に。仁義を立てるんだったら、ひろ叔父さんにも会わないと」

で待ってようよ」

「もう仁義とかそういう話じゃないよ。あたしたちにも都合ってもんがあるんだから」

「姉ちゃん、べつにいそいでるわけじゃないんだし、一時間くらいいいじゃない。そこで待ってようよ」

「なにいってるの、ゆみだって、三越に行きたいんでしょ。あたしだって銀座でお茶したいんだし、一時間もここでぐずぐずしてたら、それだけ帰るのが遅くなる」

帰るか、待つか、三人が言いあらそっているあいだに、茜はしのぶとちとせの手を引いて、大きな窓のほうへ歩いていった。今回にかぎらず、もともと無口な茜は、愛がなにかしゃべっているときには、ぜったいにその会話には入らない。できれば梢も、窓辺の茜たちと一緒に東京の景色を眺めたかったけれど、梢にとっても、みんなが帰るかここで待つかは、聞き捨てならない一大事だった。なぜなら母のいうとおり、梢にも都合というものがあるからだ。

瑠奈がユージと約束している待ちあわせの時刻は、二時ぴったり、あと約一時間後にせまっている。出発まえ、母親にさりげなく病院での予定滞在時間を聞いてみると、一時からきっかり三十分間、ということだった。見舞いというものは、あまり長居はしないのが礼儀だそうだ。自分が病気をして入院している立場だったら、この集団の相手をするのは三十分でもじゅうぶん長い、梢はそう思ったけれど、その予定なら渋谷で二時の待ちあわせにはちょうどよかった。瑠奈に買いものを頼まれているから、病院を出たら一人で渋谷に行ってもいいかと聞くと、拍子抜けするほどあっさり、好きにしていいといわれた。

が、いま、計画は狂いつつある。ここで一時間もひろ叔父の到着を待っていたら、としはるさんである可能性がゼロではないユージの顔をみにいくことはできない。逆に、ひろ叔父を待たずにすぐに帰るというなら、二時まで適当に時間をつぶして、みなが銀座に行っているあいだに、渋谷に行くことができる。

はらはらしている梢の内心をよそに、大人たちは立ち話にくたびれたようで、とりあえず座ってお茶でも飲みながら、身の振りかたを考えようということになったらしい。そうこうしているあいだに、到着からすでに十分以上も時間が過ぎている。

母親とゆみ叔母が自販機で適当に選んで買ってきたペットボトルは、ぜんぶで七本あった。一同は人数ぶんの椅子を集めてロビーの丸テーブルを囲み、自分のすきな飲みものを選ぶ。しのぶとちとせから手をつけて、最後にあまった爽健美茶と麦茶のうち、梢は爽健美茶を選んで一口飲んだ。

「ちょっと愛。飲みなさいよ」

母親が、残った麦茶のペットボトルを愛のほうに押しやる。

「わたしはいらない」

「いらないじゃなくて、せっかく買ってきたんだから飲みなさい」

「いらない」

「いまいらないなら、持って帰りなさい」

「わたしはいいよ。だれか飲めば？」

愛が問いかけても、ほかのものはしーんとしている。

「ほら、これはおまえのなんだから。あとで飲めばいいでしょ」

「いいよ、荷物になるし。こず、あんた飲めば」

「こずは自分のを飲んでるでしょうが」

「でもわたしはいらないんだってば」

「だったら最初からいらないっていいなさいよ！」

するとと愛はいきなり麦茶のペットボトルをつかみ、蓋を開けて中身を一気に飲みほした。

ああ、どんどんいやな感じになってるな、これからまたどんどん、いやな感じになっていくんだろうな。テーブルに広がる険悪な空気に、梢は気が遠くなるような思いがした。そしてしばしの沈黙ののち、はあっとためいきをついた母親が、一人でとうとうとしゃべりだした。

「まったく、ひろはむかしっからこう。時間にルーズなんだから。遅刻をなんとも思っちゃいない。子どものころから何度こうやってむだに待たされてきたことか。あの子のせいであたしたち、新幹線にもバスにも飛行機にも何度も乗りおくれてるでしょ。乗りものだけじゃなくてあたしの結婚式にだって遅刻してきたしね。ゆみ、あんたの結婚式にだって遅刻したでしょ？　そういうものすごい遅刻魔のくせに、自分の結婚式にだけはぜんぜん遅刻しなかった。結局あたしたちを甘くみてるってことよね」

母親は苛立っているとき特有の、節をつけるような口調で続ける。

「ほんとうにまあ、いつもいつもやんなきゃいけないことをうっちゃらかして、自分中心なんだから。伯母さんのお葬式のときだって——」

「ひろ叔父さんだってすきで遅刻してるわけじゃないでしょ」また愛がつっかかる。

「なにか事情があったんだから、しかたないじゃん」

「そんなに他人の事情ばっかりおもんぱかってたら、おまえ、自分の事情はどうなるのよ」

「がまんできるほうががまんすればいいんだよ」

「じゃああたしはがまんしない。その考えじゃ、がまんできるほうが損じゃないの」

「損得の話じゃないでしょ。お母さんの仁義はどこいったの」

「やくざみたいなこといわないで」

「やくざはお母さんでしょ」

背後でブーンと低い音が鳴って振りむくと、しのぶとちとせが、血圧を測る機械に細い腕をつっこんでいた。「なにやってるのっ！」茜が飛んでいって、二本の腕をまとめてひきぬき、停止ボタンを押す。子どもたちは退屈でしかたないらしい。母親の手を振りはらうと、きゃあきゃあ奇声をあげてロビーを駆けまわりはじめた。

「静かにしなさい！」「走らない！」茜はふたたび二人を捕まえて窓際のソファにひっぱっていったけれど、子どもたちはやっぱりがまんできなかった。妹のちとせを姉のしのぶが追いかけるかたちで、二人はロビーを囲む観葉植物のすきまを通りぬけて、廊下を走りだした。茜はそのあとを追い、また二人を両手にひっぱって戻ってきたけれど、手を放すなり、子どもたちはまたおなじことをした。今度は茜も、「迷子になっても知らないよっ」と低い声でどなったきり、追いかけていかない。みていた梢と目があうと、茜は「あの子たちよろしく」といってテーブルには戻らず、窓辺のソファに腰かけて、スマートフォンをいじりはじめた。

梢はしかたなしに立ちあがって、ロビーを出る。さっそく長い廊下の奥に、大の字になって床に倒れているちとせと、その傍に指をくわえて棒立ちになっているしのぶがみえる。あわてて駆けていき、泣きだしたちとせを抱っこし、きまりわるそうにしているしのぶと手をつないだ。そしてそのままロビーに戻ろうとしたとき、目のまえの病室のネームプレートに「須永麻由子」の名前があるのをみつけた。

ロビーからは、まだ三人が言いあう声がかすかに聞こえてくる。

「しのぶちゃん、ドア開けてくれる？」

手をつないでいるしのぶに頼むと、しのぶはおとなしくドアを開けた。

病室には四台ベッドがあった。左の手前のベッドにはだれもいなくて、その奥のベッドにはカーテンがかかっていて、右の手前のベッドには、白髪のおばあさんがねていた。右の窓際のベッドには、点滴をたくさんぶらさげてねている女のひとがいた。きっと窓際のベッドのどちらかが麻由子さんだと思った梢は、子どもたちと一緒に静かに奥まで進んでいった。麻由子さんの化粧をしていない顔も、ねている顔もみたことがなかったから、ぜったいそうだとはいいきれないけれど、どうやらカーテンのかかってないほう、右側のひとが、麻由子さんらしかった。近づいてみると、ベッドサイドの壁に「須永麻由子」と名前が書かれた紙が貼られている。

梢は抱いていたちとせを下ろし、しのぶとは反対がわで手を握った。

「麻由子さんだよ。お母さんの、叔父さんの奥さん。ばあばの、弟の、奥さん。具合がわるいから、起こしちゃだめだよ」

子どもたちは病人を目にするのがはじめてらしく、ややおびえた表情で麻由子さんを凝視している。梢は、ひとの寝顔を勝手にみるのは失礼だ、と思ったけれど、四つも点滴をつけられて、ちょっとだけ緑がかっているようにみえる麻由子さんの顔をみつめながら、「麻由子さん、がんばれ」とこころのなかで応援した。おとなの寝顔ではあったけれど、化粧をしていないので、知っている麻由子さんより老けているようにもみえたし、若くなっているようにもみえた。いずれにせよ、手術がうまくいったのか、そうでないのか、まだ聞いていないから、もし麻由子さんがここで目を覚ましてしまったら、なにをしゃべればいいのかわからない。

「麻由子さん、お大事に」最後に小さく声に出していうと、梢は子どもたちをひきつれて、そっと病室を出た。廊下の途中で手を放すと、しのぶとちとせはまた一目散にロビーに駆けていき、大人たちのテーブルに混ざってペットボトルのジュースを飲みたがった。

梢は一人、ロビーと通路をしきる観葉植物のうしろに立って、いまだに仁義と個人の都合についての意見をたたかわせていたり、無関心でいたり、頬をふくらませてジュースを飲んでいたりする家族のすがたを眺めた。みんながみんな、それぞれのことに夢中だった。梢は一歩下がって、だれかが自分に気づくのを待った。五歩下がっても、十歩下がっても、だれも梢に気づかなかった。大きな窓の向こうで、秋のやわらかな陽を受けた東京のビル群が光っていた。

梢は一人でエレベーターに乗り、病院を出た。

ちょうど駅に向かうコミュニティバスがバス停に止まっていたので、走って飛びのる。運転手はさっきとおなじひとだった。時刻は一時三十五分で、渋谷に二時の待ちあわせには、ぎりぎり間にあいそうだ。

新橋の駅に着くと、みかん色の銀座線の案内をたどってうすぐらい地下に下り、なんとか地下鉄の改札まで行きついた。家族になにも告げずに一人で行動しはじめてしまったことよりも、これから自分の身のうえに起こるかもしれないことで、梢の頭はいっぱいだった。それにしても、新橋から銀座に行くのに銀座線に乗るのはよくわかるけれども、新橋から渋谷に行くのに銀座線に乗るというのは、よくわからない。銀座線とは、銀座をめざすひとたちが乗るものではないのだろうか。

まわりをみわたしてみると、大人だらけだった。座っているひとも立っているひともみな一心不乱に、手元のスマートフォンをいじっている。土曜日なのに、スーツを着ている男のひとがたくさんいた。何人か、どきっとするほど、としはるさんに似ているひともいた。でもそういえば、今日は土曜日なのだから、としはるさんの銀行はお休みだ。おそまきながら梢はここでやっとその事実に気づいたけれど、そのぶん、これから渋谷で会う男が、ますますとしはるさんらしく思えてきてしまう。

会えたら、なんていおう。元気でしたかとか、まだ銀行で働いているんですか、とか、そういうことだろうか。向こうは、なんていってくるだろう。きっとものすごくびっくりするだろう。会わないでいたこの二年のうちに、自分は三センチ背が伸びたし、体重もけっこう増えてしまった。髪型は変えていないけど、瑠奈にすすめられて今年からすこしだけメイクをするようになったから、姉たちから、「あんた、そんな顔だったっけ?」といわれることもある。メイクはもちろん、今日もしている。だからとしはるさんは、わたしがわたしだとわからないかもしれない。でもこのさい、わたしがわたしだとわからないまま、ジュリとして、としはるさんと会ってみてもいい。そしたら、としはるさんとジュリは、ひょっとすると、今日会っていきなりいとなみをするようなこともあるんだろうか。あい姉とはあまりいとなまなかったかもしれないけれど、干支の話ができるジュリとだったら、意気投合して、いきなりいとなんでしまうこともあるんじゃないだろうか。

ずいぶん過激なことを考えている気がして、梢はぎゅっと目をつむった。リュックの中身より、自分自身が、爆弾のようにも思える。でもこうして目をつむっていると、そんなことは起こるわけがないと、すこし冷静になれる。でももっと冷静になってみると、東京の地下鉄にはこれだけとしはるさんに似たような男性がいるのだから、改札であのひとが自分を待っていても、すこしもおかしくはないと思えてくる。そして目を開けてもっともっと冷静に考えをつきつめていくと、べつにとしはるさんでなくても、似たようなひとでもいい、と思えてきてしまう。つまりは瑠奈が、先輩をやりすてた男を、べつの似たような男相手にこらしめてやりたいと思ったのと同様、梢もまた、このさいとしはるさんにいえなかったこと、できなかったことを、似たようなひと相手にいったりやったりしてみたいのかもしれなかった。梢は、地下鉄の暗い窓に映る自分の顔をみているうち、自分が冷静なのか、興奮しているのか、すこしもわからなくなった。そんなことより、自分の目がもっとぱっちりしていて、もっとやせていて、もっと髪がさらさらだったら良かったのにと、こころの底から残念に思った。

地下鉄が渋谷に着くと、乗っていたひとがいっせいに降りる。どうやら終点らしい。ポケットから iPhone を出してみると、二時ちょうどだった。母親や姉からの着信やメッセージはなかったけれど、瑠奈から、「浅草行き方面の改札にいるって。いた？　報告して！」と、動画と一緒にメッセージが届いている。今日の瑠奈の顔は、角の生えたユニコーンになっている。しかし浅草行き方面の改札口といわれても、すぐにはわからない。構内図をみてもさっぱりだったので、近くにいた駅員に聞いてみると、その改札はホームの反対がわにあるので、一度こちらがわの改札を出なくてはならないという。駅員が教えてくれる道順を、梢は一生けんめいうなずいて聞いていたのに、お礼をいって歩きだしたとたん、すべて忘れた。ひとの波にのまれるがまま、気づけば駅直結のデパートに入ってしまっていたが、トイレの案内表示をみつけると多少落ちつきを取りもどし、個室に入ってやることをやった。それからどうにかデパートを脱出し、何度か階段を上り下りし、おなじ通路を行ったり来たりしているうちに、ようやく銀座線の案内表示をみつけたときには、もう二時十五分に近かった。矢印に従って、改札につながる階段をまよいなく、とんとんのぼっていく自分の足が、ふだん堤防の草むらを歩いているのとおなじ足だとは思えなかった。

この階段を上りきったら、そして上りきった先に改札をみつけたら、きっといろんなことが変わる。いままでの人生のなかで、自分がいちばん大胆で、あぶない行動を起こしているという自覚はあっても、梢はなにも感じなかった。ただ、自分ではもうどうしようもない、大きななにかに飲みこまれようとしているというぼんやりとした実感、あきらめとか無力感に似たもの、すごく過激ななにかをしているのに、じつはまったく、なにもしていないというような、つかみどころのないよそごとの感じのなかにあった。

改札には、たくさんの男がいた。

一人の男も、女連れの男も、男同士でたむろしている男もいた。その男たちの目が、いっせいに自分に注がれたように感じた。そして声がかかった。

「おい、こず」

振りむくと、知った顔が立っていた。としはるさんでもない。あの写真の男でもない。

「やっぱり。こずに似てると思ったらこずだった」

ひろ叔父だった。なにが起こっているのか、すぐには理解できなかった。後ずさると、うしろから来ただれかにぶつかった。ひろ叔父は「あぶないぞ」といって、梢の腕をつかんで自分に近づけた。

「遅くなってわるかったな。出がけにいろいろあったうえ、電車も遅れて大遅刻だ」

ひろ叔父は、水色の長袖ポロシャツのうえに、紺色のジャンパーを着ている。瑠奈によると、相手の男は目印に青いピーコートを着てくるはずだった。ちょっとちがう。ちょっとちがうのだが、もっと大きなちがいがわからない。

「叔父さん、あの……」

「なんだこず、しばらくみないあいだにすっかりおねえちゃんになったな」

ひろ叔父は、梢のすがたをうえからしたまでじろじろと眺めて、その変化におどろいているようだった。そういえば、この叔父さんに会うのも二年ぶりだ。呆然と叔父の顔を見つめているうち、梢は両まなこを内からつまれ、ひねられるような、痛みに近いめまいにおそわれた。

「え？」

「お母さんたちは？　もう帰るところか？」

「お母さんたち。もう病院から帰っちゃった？」

「あ、ううん、まだいると思う……」

「なんだ、こずは別行動ってことか？」

「うん、まあ……」

「これから渋谷で買いものか？」

「うん……」

「そっか、叔父さんは乗りかえだから行くな。お母さん、怒ってたろ」

「うん、ちょっと……」

「じゃあな、買いもの気をつけろよ。ヘンなやつに声かけられても、ついてっちゃダメだぞ」

ひろ叔父は手を振ると、スイカを使って改札を通っていった。

そのうしろすがたを見送ってから、梢はおそるおそる背後を振りむいた。そこにいる男たちのだれひとりとして、梢のほうをみていなかった。視界にはたくさんの青色があった。すぐそばを通った白髪の男のジャケットが青だった。若い女と壁にもたれかかっている男の帽子が青だった。電話をしながらこっちに向かってくる男のズボンが青だった。改札に立っている警備員さんの制服も青だった。

梢は逃げるように、改札に駆けこんだ。切符を持っていないことに気づいて、小銭を近くにばらまきながらあわただしく切符を買うと、走って叔父を追いかけた。ちょうどホームに入線してきた黄色い電車が、ぷしゅうと扉を開けたところだった。


叔父としゃべっているうちに着替えるタイミングを逃し、結局梢は白いスカートをはいたまま病院に戻り、銀座でお茶を飲み、籠原行の上野東京ラインに乗るはめになった。病院に戻ってきた梢をひとめ見た瞬間、茜は「それ、あたしのじゃん」と眉を寄せ、愛は「なによ、渋谷に行くからって、わざわざおしゃれしたわけ?」とにやにやした。しのぶとちとせはふんわり広がる白いスカートをめずらしがって、グミ菓子を食べる手でべとべとさわった。母親は、「別行動するならひとことといってから行きなさい」と注意しただけだった。

梢は一刻もはやく、はいてきたジーンズに着替えたかったけれど、みなのまえでいまさら着替えるのもまた恥ずかしく思えて、結局帰宅するまでずっと姉のスカートをはきつづけた。銀座でお茶を飲みながら、母親はまだひろ叔父にたいする怒りをぶちまけていたものの、ぶじに仁義を立てられたからか、それとも麻由子さんの感謝のことばにほだされたからか、病院にいたときよりは、だいぶトーンダウンしていた。母親の話を聞きながら、梢はうっかりスカートに紅茶をこぼしてしまったのだが、それをめざとくみつけた茜が、「それ、お気に入りなんだからね」と珍しく子どもたち以外の人間に本気の怒りをみせたので、梢のみならず一同がおどろいてちぢこまった。こぼした染みは、ティーサロンのトイレで石鹸をつけて優しく洗っても落ちなかった。帰宅後も姉の怒りはおさまらず、結局梢のなけなしのこづかいでクリーニングに出すことになったのだが、梢はこの金を、としはるさんに払ってもらいたいような気になった。

翌日、詳しい報告をもとめてさっそく瑠奈が三木元家にやってくる。

梢が撮ってきた写真を見た瞬間、瑠奈はうっわー、すごいおじさんじゃん、やっぱりね、といって爆笑した。三越で買ったおみやげのクッキーをばくばく食べながら、わらいが止まらない瑠奈をみて、梢は、これじゃあやっぱりひろ叔父さんにわるいな、と思って、真実を告白する。

これはユージではなく、病室で撮影した自分の叔父さんなのだ、いろいろあって渋谷には行ったけれども、タイミングわるく通りがかりの叔父にみつかってしまったのだ、まごつきながらもそう説明すると、瑠奈は、「なーんだ、ふーん」といっただけで、梢を責めたりはしなかった。デパートのトイレで白いスカートにはきかえたことは、もちろん黙っていた。ちなみに昨晩、梢は念のために、むかし作った親族干支一覧表でひろ叔父の干支を調べていた。ひろ叔父は辰年ではなかった。未年だった。

クッキーを食べおえた瑠奈は、いつものようにベッドにねころがって、「いとなみの勉強」を始めようとしている。

そのまえに梢は今日こそはと思い、毎日すこしずつカメラロールにコレクションしていた、お気に入りの牛車の写真をみせた。

聖ミクラーシュの日

路面電車が行き交う石畳の街角で、わたしは歩行者用の信号が青に変わるのを待っていた。

一本が通りすぎればまたべつの方向からガタンガタンと新たな一本がやってきて、信号はなかなか切り替わらない。信号待ちの歩行者の列は長くなるばかりだが、電車の往来が途切れたほんのわずかなすきに道を渡ってしまうひともいる。隣では、ニットキャップとマフラーでほとんど顔がみえないからだの大きな中年男性のグループが、車両が近づいてくるたび首を横に振り、オオ、オオ、と落胆の声をあげている。

そのうちグループの一員が、ほら、あれをみろ、というふうに横断歩道の向こうがわを指差した。仲間たちは彼の指差す方向をみて、わたしやほかの歩行者もおなじようにみる。

一同の注目を集めているのは、道を渡った先にある、鈴つきの赤い看板を出したレストランだった。おじさんたちはにわかに活気づいた。しゃべっているのはドイツ語らしい。発見者であるオレンジ色のキャップの一人は、手にしたガイドブックをみせて、なにか熱心に説明しはじめている。

赤錆色の路面電車が通りすぎ、ようやく信号が青に変わった。一行は隣にいたわたしを押しのけるようにして横に広がり、肩を並べてぞろぞろ看板の店に向かっていった。彼らは思ったよりもたくさんいた。ざっと十人はいた。店のまえには小さな青い花のプランターが置かれ、三ヶ国語でメニューが書かれた小さな黒板が立てられている。おじさんたちはあっというまに四方からその黒板を囲み、窓を通して店のなかをじろじろうかがう。通りの向こうにいたハトまでが飛んでやってくる。そうして狭い歩道はふさがれたので、わたしはしかたなく車道に降り、店のまえを通りすぎた。

これでまたひとつ、今日の昼ご飯が遠ざかった。いまの店は、信号待ちのあいだ、わたしがあのひとたちより先にみつけていたのだ。店のまえに置かれた青い花のプランターを目にしたときから、あそこはまちがいなく素敵なレストランだと確信していた。広くもなく狭すぎることもない小ぢんまりとした店内で、静かに気持ちよく空腹を満たせるはずだという強い予感があった。あのグループより五分早く道を渡っていれば、気兼ねなく一人でふらりと入っていけただろうに、タイミングがわるかった。

レストランを探して街をさまようううち、もう二時を過ぎてしまっていた。

このままでは、きっと昼を食べそこなう。この街で過ごせるのは今日が最後だというのに、空腹を抱えみじめな気持ちで悲しい一日を過ごすことになる。だから気負わずキオスクのような店でパンやサンドイッチを買って、公園のベンチで食べてしまえばいい……妥協したくなる気持ちをぐっとこらえ、歩を進めた。わたしはこの昼どうしても、ちゃんとしたレストランで、ちゃんとしたこの国の郷土料理を食べたいのだ。だからこそというレストランがみつかるまでは、どんなに疲れても空腹でも、足を止めるわけにはいかないのだ。

「そんなこといわないで、適当なところで適当に小腹をみたそうよ」

美南子《みなこ》ならそういうだろう。あるいは「さっきのとこでいいじゃん」と引きかえすか、黙ってバッグからガイドブックを取りだすか……。

美南子のことを考えはじめると、顔が自然とうつむいてしまい、そのせいでまた一つか二つ、感じのよいレストランを見逃していたにちがいない。ふと顔を上げると、いましがた目にしたのとおなじような黒板が、すこし先の建物のまえに出ているのがみえた。通りにせりでたひさしからはやはり鈴つきの赤い看板がぶらさがっていて、壁沿いに小さな青い花のプランターが置いてある。きっとあの店、あの店こそわたしが探していた素敵なレストランだ。今度はだれにも譲るまいと、わたしは小走りになった。

黒板にはチェコ語とドイツ語と英語の三ヶ国語でメニューが書かれていた。筆記体なのでとても読みづらいが、それでもTraditional Czech Dishesという三語だけはまっさきに目に飛びこんでくる。メニューの横には、緑色の大きな矢印がついていた。さっきの店とはちがって、歩道には面していない、それだけにちょっと、ひかえめなレストランなのだ。建物の一階中央はくりぬかれた通路のようになっていて、そのまま進めば中庭に行きあたるようだった。通路の右側に地下につながる階段があり、その壁に黒板で見たのとおなじ、緑の矢印がしたを向いて貼られている。レストランは地下にあるのだ。どんな雰囲気の店なのか、窓から気軽にようすをうかがうというわけにはいかない。もしかしたら、地元の政治家たちが集うようなものすごく高級な店かもしれないし、それとは反対にものすごくうらぶれた、地元のひとたちからも見捨てられているような店かもしれない。

階下を見下ろしたまま立ちどまっていると、途中の踊り場にある扉がバタンと開き、なかから白い前掛けをつけた中年の男が出てきた。

目があってしまった。

そんなつもりはなかったのに、わたしはとっさに、親指を一本横に立てた拳を見せていた。男は面倒くさそうに軽くうなずき、階段を下りていった。一人ですというメッセージが伝わったらしい。数字を数えるときには、人差し指ではなく親指から立てていくのがチェコ式の数えかただと、行きの飛行機のなかで美南子が教えてくれたのが役立った。

わたしは男のあとについて階段を下っていった。彼はドアを押さえて待っていてはくれなかった。閉ざされたドアは、矢印とおなじ緑色だった。ドアを開けてみると、停電しているのかと思うくらいに暗い。唯一右手に、バーカウンターのようなどっしりした台がみえた。

「ドブリーデン！」

挨拶をしても、なにも返ってこない。バーカウンターの奥に扉があるらしく、そこからほのかな光がもれている。

「ドブリーデン！」わたしは声をあげながら、その扉を目指して進んでいった。するといきなり扉が開き、そこから階段でみた前掛けの男が現れた。わたしはもう一度親指を横に立てた拳をみせた。

扉の向こうには、壁ぎわの間接照明が一つ点灯しているだけの薄暗い空間が広がっていた。思っていたよりずっと奥行きがあって広い。そこに白いテーブルクロスがかかった大小のテーブルが二十台近く並んでいたが、男は隅にある二人用のテーブルではなく、おそらくは上席といってもよさそうな、奥の壁の中央にある六人用のテーブルにわたしを案内した。さっきまでだれかがここで飲食していたという形跡はまったくなく、男の仏頂面からして、客が来たからしぶしぶ店を開けてやったという体だ。

とはいえ椅子にかけて差しだされたメニューを手に取った瞬間、わたしの胸は喜びと安堵で早くもいっぱいになった。品数は豊富で値段も手頃だった。男はチャッカマンでテーブルのキャンドルに火を灯すと、奥の暗がりに去っていった。

一人きりにされたわたしは、キャンドルの灯りのもと、改めて店内をみわたした。左右のボコボコした漆喰《しっくい》の壁には、ぼんやりした色彩の農村の絵や教会の絵がかけてある。暖炉のマントルピースには、バイオリンとひげの男性（おそらくはこの国の音楽家、おそらくは、スメタナかドヴォルザーク）の肖像画が置かれ、光がほとんど届かない向かいの壁には、額に入った写真が一面に飾られている。なんて素敵な、伝統的な雰囲気のあるレストランなんだろう。メニューの手頃さといい、雰囲気といい、ここはまさに、探しもとめていた理想のレストランだった。そしてこのレストランが今日、おそらくはじめて迎える客が、このわたしなのだ。誇らしさが胸にあふれた。

メニューはそとの黒板とおなじく、チェコ語とドイツ語と英語で書いてあった。しかし英語を読んでも、グラーシュ以外はいまいち概要がつかめない。美南子と一緒にいるあいだは美南子につられてグラーシュばかり食べていた。だからここではなにかべつのものを食べてみたかった、なにかこの国らしい、この国でしか食べられないものを。

先ほどとおなじ給仕の男が注文を取りにきた。わたしはまず、炭酸水を頼んだ。男はすぐに炭酸水のボトルとグラスを持ってきた。勢いよく泡を立てながらグラスに水を注ぐ彼をみていると、おまえがみるなというようなつめたい目つきでみかえされた。

水を注ぎおえた彼に、つたない英語でこの店のおすすめ料理を聞いてみる。すると相手は迷いなくグラーシュを指差した。わたしはその三つしたにporcの文字をみつけていたので、そこを指差して、豚料理にたいする説明を求めた。男は説明を始めたけれど、口のなかでモゴモゴいもを転がすようなしゃべりかたなので、チェコ語でしゃべっているのか英語でしゃべっているのかさえわからない。とはいえみょうに説明が長いので、これはきっと豚ひざ肉のローストだろうと察しをつけた。豚ひざ肉のローストは、『地球の歩き方』にチェコの名物料理として紹介されていたから、どんなものだかは知っている。茶色い隕石のような塊肉にナイフが垂直につきささっている、いかにも説明が長くなりそうな一品だ。「これだけは食べないと思う」写真をみながら、美南子はそういっていた。

これにする、わたしは給仕係にいった。それと一緒に、メニューの最初のほうにあった「本日のスープ」らしきものも頼んだ。男は肩をすくめると、また奥の暗がりへと戻っていった。

わたしはすっかり満足して、口のなかにはじける炭酸を味わいながらあらためて店のなかをみまわした。静かで奥ゆかしくて古めかしくて、いかにも隠れ家レストランといった佇まい……こんな店なら美南子もきっと気にいるにちがいない。

ところで美南子はいまごろどこでなにをしていることか。

「なんでそんなに歯磨きが長いの?」

「なんで毎朝一人でちゃんと起きれないの?」

「なんで自分で皿に盛ってきたパンを残すの?」

「ここにあるティッシュはまだ使うの、使わないの?」

「そこに干したらカーペットが濡れるってわからないの?」

「なんでもわたし任せのくせに、なんでそんなに自分勝手なの?」

今朝、美南子に投げつけられた一言一言が、せっかく理想の昼食にありつけて高揚するわたしの気をそぐ。

きっかけは、ホテルの部屋のセントラルヒーティングだった。わたしはラジエーターのダイヤルを最大の5にして部屋をあたたかくしておきたかったのに、美南子は3でいいといって譲らなかった。昨日の夜はわたしが譲って3のままにしておいたけれど、朝食に行くまえこっそり5に戻しておいた。部屋に戻ってきた美南子がそれに気づいて激怒した。わたしがのらりくらりかわしているうちに、「そもそも」と口火が切られ、ここ数日——いや、きっと、出会ってからこの十五年のうちに溜まっていた怒りが爆発したのだ。売りことばに買いことばで、応戦してしまったのがいけなかった。わたしたちは取りかえしのつかないことばでお互いを攻撃しあい、完全に決裂した。

わたしは先ほどの店で、いまごろわいわい楽しく飲み食いしているおじさんたちの集団を想った。

やっぱりあの店に入ればよかったのかもしれない。憂鬱そうな顔をしてぽつんと食事をしていたら、あのひとたちのうちだれか一人くらいは、せっかくの旅行なのに一人ぼっちじゃつまらないだろ、おれたちのテーブルに来ないか、一緒に食べないかと誘ってくれたかもしれないのに……。

絵やバイオリンをひとしきり眺めたあと、ふとうしろを振りかえってみると、漆喰の壁に古い食器棚のようなものがはめこまれていた。薄いガラスの向こうには、高級そうな食器が並べられている。うえの段にある食器も見てみようと立ちあがったところで、天井近くの壁にごく小さな丸いへこみをみつけた。よく注意してみると、そのへこみは一つや二つではなく、無数に、この壁上半分のいたるところにあった。一気に暗い気持ちになった。わたしは午前中、たまたま通りがかった新市街の教会の地下にある「ハイドリヒ事件の英雄国立記念館」を見学してきたばかりだった。『地球の歩き方』によると、ナチス親衛隊幹部を暗殺したレジスタンスの兵士たちが身を隠し、七百人以上の親衛隊部隊に包囲され、激しい銃撃戦ののち水攻めにされた場所だ。非業の死を遂げたチェコの英雄たちを紹介するパネルが展示された記念館の壁の奥には、たわんだ鉄の扉があり、その先に彼らが実際に立てこもった地下の部屋が当時のまま残されていた。天井近くに据えつけられた横長の窓の周囲とその向かいがわの壁には、いま目にしているのとおなじような銃弾のあとがいくつもあった。

暗がりから給仕係がスープ皿とともに戻ってきた。

わたしは椅子にかけ、白い紙ナプキンをひざに敷いた。運ばれてきたのは、色の濃い葉野菜や小さな肉の破片がうかぶ、ぜんたいに緑がかった野菜スープだった。スプーンで軽くかきまぜてからすくって口に入れてみると、想像したとおりの薄味だった。あの展示パネルによると、兵士たちが教会に身をひそめていたのは一日や二日のことではない、もっと長い期間のことだった。そのあいだ、兵士たちはいったいなにを食べていたのだろう。美南子とそのことについて話しあいたいが、残念ながら美南子はここにいない。

しゃべる相手がいないので、スープ皿はすぐに空になった。

あと一杯だけおかわりをして、さっさとこの店を出てしまってもいいような気もしてきた。わたしは胃腸が弱い。三食のうちすくなくとも一食はこういう滋養がありそうな野菜スープだけですませたいのだが、美南子は高校時代からものすごい大食漢だった。朝も昼も夜もおなじくらいよく食べるうえ、気にいったものはそればかり食べつづける。この旅行中も、三食に加えて午前と午後に一度ずつお茶休憩をとりたがり、どこの店でも必ずアップルシュトゥルーデルを食べていた。胃がカートリッジ式になっているのかもしれない。そういうわけだから、性格以前に体質からして、わたしたちは合わなかったのだろう。高校時代から十五年も親しい付きあいをしてきたけれど、きっと箱根に二泊三日で行くくらいが一緒にいられる限界だったのだろう。正直、あんな底意地の悪い、薄情な女と結婚する男が幸せになれる可能性はとても低いのではないか。彼が不幸になるまえにわたしは先回りをして教えてあげたい、「あなたが望むあの女の胃はカートリッジ式なんですよ、食べても食べてもいくらでも取りかえのきく胃なんですよ、そんなあの子とこのさき何十年も一緒に食べつづけるつもりなんですか?」

空のスープ皿をまえに十五年間の思い出にふけっていると、ぎりぎりと音を立ててなにかが近づいてきた。奥の暗がりから、銀色のステンレスの台のようなものを押して給仕係が戻ってきた。木製のボウルを載せた台はわたしのテーブルと向かいのテーブルのあいだで止まり、男はしゃがみこんで台の脚のレールを固定した。

これは調理台だろうか? みていると、立ちあがった男は空のスープ皿を取りあげ、かわりに台に載せてあったボウルをゴトンとやや乱暴にテーブルに置いて、また奥に去っていった。ボウルには、小さなハート型の葉っぱが山ほど盛られている。においをかいでみると、ローズマリーに似たさわやかな香りがした。この土地独自の香草なのかもしれない。台の四隅には細い支柱が立っていて、支柱の上部で交差する針金からは小さなランプがぶらさがっている。調理台というより、ミニチュアの手術台のようだ。しかしこのタイミングで出てきたということは、きっといまからこの調理台を使って名物の豚のひざ肉を焼くパフォーマンスが始まるのだろう。念のため『地球の歩き方』をショルダーバッグから取りだし、あらためて豚のひざ肉ローストについての紹介文を読んでみた。パフォーマンスのことはどこにも書かれていなかった。

わたしはあらかじめ調理された状態で皿に載っているひざ肉を口にできればじゅうぶ

んだったので、戻ってきた給仕係に、

No thank you.

と調理台を指差していった。彼はしぶい表情で首を横に振り、新たに携えてきた筒状の入れものから銀色の長い串を鉄板の上に並べはじめた。

そういうことなら、とくと見物させてもらうしかない。わたしは『地球の歩き方』をバッグに収め、炭酸水にちびちび口をつけながら、パフォーマンスの準備が整うのを待った。男はゆっくり時間をかけて、念入りに串を並べた。

「わたしたち、焼かれちゃうかもね」

美南子だったらそういうだろうなあ、と思ったところでハッとした。バーカウンターにつながる扉は、いつのまにかがっちりと閉ざされていた。そしてこの地下レストランには、わたしとこの男以外にはだれもいない。奥の厨房には料理人がいるのかもしれないが、これまでのところまったく気配がない。つまりわたしはいま、簡単には逃げだせない密室のなか、凶器になりえるものを手にしたことばの通じない男と二人きりなのだった。ここでなにがあっても、だれも、なにも気づかない。

わたしは炭酸水を一気に飲みほした。わたしはただの観光客で、このおじさんはただのレストラン従業員、そしてたまたまこの店には豚のひざ肉を焼く料理がある。それだけのことなのだからなにも縮みあがることはない。静かに深呼吸しようとしたとき、ふたたび壁の小さなへこみが目に入った。銃痕にしかみえなかった。

男はしゃがんで台のしたの収納を開き、巨大なじゃがいも二つと刃渡り約三十センチの牛刀を取りだした。

「ヘルプ」

「オスクール」

「ソコーホ」

「ジゥミンア」

「アイウート」

「サリョジョ」

「ヒルフェ」

「クゥトイヴォイ」

高校時代、いつか一緒に海外旅行をするときのために美南子と覚えた世界各国の「助けて」が頭のなかを駆けめぐる。あのころから美南子は、「こんにちは」よりも「ありがとう」よりも「助けて」をその国のことばで叫べることがなによりも大切なんだ、といいはっていた。

「チェコ語の『助けて』は『ポモツ』だよ」

行きの飛行機で美南子はわたしに「ポモツ」の練習をさせた。わたしは何度も繰りかえして、完璧にそのことばをマスターしていた。

目の前の男は牛刀の背でじゃがいもの芽をえぐりだしはじめている。

ポモツ。ポモツ。わたしはいざというときのために、こころのなかで呪文のようにその短いことばを唱えはじめた。二人だったらただの冗談の種に過ぎないことも、一人きりだとこんなに動揺してしまうのだ。「なにいってるの？　そんなことあるわけないじゃん」と呆れてくれる美南子がここにいないから。

ポモツ、といいまちがえないよう気をつけて、

「ポーク？」

わたしは給仕係に聞いた。もう一度『地球の歩き方』をバッグから出して、豚肉料理のページを指差してみせた。男はそれを見てフッと鼻でわらった。どんなわらいかたにせよ彼がはじめて笑顔をみせてくれたので、気持ちがわずかに安らいだ。しかし安らいだのも束の間、男は手にしていたじゃがいもと包丁を台に置き、白い前掛けをはずし、そのしたに着ていた海老茶色のセーターを脱ぎにかかった。

調理台に置かれた串と巨大なじゃがいもが、突如生々しい意味を持ちはじめた。どう

ひかえめにみつもっても、男の目方はわたしのそれより二十キロは重い。気が遠のきそうだったけれど、テーブルの角をつかんで持ちこたえた。二日か三日後、目も当てられないようなめちゃくちゃな状態で見つかったわたしの死体と、その傍らで泣きじゃくる美南子のすがたが思いうかんだ。美南子、泣かないで、わたしが今朝ダイヤルをいじらなければ——せめて皿に盛ったパンをぜんぶ食べていたら、歯磨きを一分でも早く終えていたら、鼻をかんだティッシュを再利用しようとしなければ、二人はいつもとおなじおだやかで楽しい気持ちで喧嘩別れをしないですんだのにね、今晩も二人でグラーシュを食べることもできたし、黄金小路でフランツ・カフカが仕事場にした青い家を見つけることもできたし、カレル橋でフランシスコ・ザビエルの像と一緒に写真を撮ることもできた、そうできなかったのはぜんぶわたしのだらしなさのせいだね、辛抱が足りなかったせいだね、だから美南子はなにもわるくない、だから立って、顔を上げて、元気を出して美南子……。

わたしはいつのまにか目を閉じていた。ふたたび目を開けると、男は黒いぴちぴちのウエットスーツのようなものを着込み、そのうえから腰に赤いベルトを巻きつけ、雄牛の角状のものが生えたカチューシャを頭に装着していた。その格好で、奥の暗がりに向かって短くどなった。だれかの名前のようだった。このひとだけではない、やはりほかにもだれかが向こうにいるのだ。呼ばれて出てきたのは天使の格好をした中年の女だった。ぴかぴか光る金色の星を掲げたティアラを頭につけ、ファー付きの白いマントのうえから左右に大きく広がる羽を背負った女は、出てくるなり男に向かって大声でどなりかえした。二人はしばらく互いに目をあわせずに悪態をつきあっていた。女はしきりに並べた串を指差し、首を振った。男は脱いだ服を畳みながら、首を振った。テーブルのうえでわたしは両手をしっかり組みあわせ、知らず知らずのうちに祈るひとのようなポーズをしていた。

「一人じゃなにもできないの？　いつもそうやってひとに頼ってばっかりで、恥ずかしくないの？」

今朝、美南子にそうなじられて「恥ずかしくない」と胸を張ってこたえた自分が恥ずかしい。わたしは断然、恥ずかしがるべきだった。周りの人間の好意に甘えつづけ、すっかり鈍った判断力と直感だけを信じて行動した結果がこれなのだ。もし時間を巻きもどせるなら――今朝のホテルに戻って、ラジエーターのダイヤルを3に戻したい。あるいはすっかり自分の非を認めて、美南子と仲直りして、旅行最後の日を一緒に楽しく過ごしたい。いやでも、ちょっと待って、それはあまりに不公平なんじゃない？　美南子にだってわるいところはある。一緒に高校を卒業し、一緒に東京の大学に進学し、一緒に都市銀行に就職した似たもの同士の古い友だちを、困ったときには連日五時間以上の長電話に付きあっていた親友をこんな遠い国まで連れてきて、さんざんこきおろしたあげくにホテルに置き去りにするなんて……しかもその捨て台詞が、「もうわたしは、あんたと一緒にいるのがほんとに恥ずかしい。あんたは日本の恥、人類の恥だからもう金輪際しゃべりたくない」だなんて、ほんとうにひどい。そもそも十五年間の付きあいで、泊まりがけの旅行といえば二泊三日の箱根旅行をしたくらいだったのに、唐突にチェコに行こうと誘ってきたのが不自然だった。大学時代にリバイバル上映で「ひなぎく」をみて以来チェコにずっと憧れていたなんて、そんな話は初耳だ。そういえば美南子のお父さんは地元のロータリークラブの偉いひとだった。ロータリークラブというのは世界規模の団体だと聞いたことがある。

天使の格好をした女と再び包丁を手にした男は、台を挟んで向かいあい、わたしには理解できない言語でまだなにか話しあっていた。ふいに女が痺れを切らしたように、厨房のほうを大きく振りかえった。ドレスがばさっと翻って、それで生まれたかすかな風に乗って、テーブルの香草がふんわり香った。わたしは両手を解いて椅子の背に寄りかかり、マントルピースの肖像画を眺めた。スタメナかドヴォルザークであるそのひとの顔は、美南子が悲しみを押しころしているときの顔によく似ていた。

思えば美南子にはいろいろと申し訳ないことをした。借りた本やCDはすべて自分のものにしたし、面倒な恋人と別れるときにはいつも美南子に尻拭いをさせた、助言を求められたときには自分だったらまず選択しない解決法を提案した、一緒に新幹線に乗るときには当然のように窓際に座ったし、割り勘の端数はすべて美南子に払わせた。細かく思い出していけば、枚挙にいとまがない。

たまらず目を伏せて頭を垂れたとき、突然バン！　と派手な音がした。おどろいて顔を上げると、バーカウンターにつながる扉からおさげ髪の小さな女の子が走りでてくる。大きな十字架のついたコック帽のようなものをかぶり、金の縁飾りのついた真っ赤なマントを着て、手には先端がかたつむりのように渦を巻くステッキを握っていた。うるうるした目が甘い水色だった。ステッキを持っていないほうの手には、なにか銀色のもこもこしたものを持っていた。テーブルのまえで足を止めると、彼女は生真面目な表情でそのもこもこを広げ、マスクのように口元に装着した。ものすごい量の巻きつけひげだった。

台の向こうに立つ男が、女の子に無言で手を伸ばす。彼女は首を振ったけれど、天使の女に一喝されて、マントのなかからしぶしぶなにかを差しだした。キルティング素材のポーチだった。男の手でそこから取りだされたものは、デジカメだった。

「ウースム！　ウースム！」

女と女の子がわたしの腕を両側からむんずとつかみ、椅子から立ちあがらせる。

男はデジカメを調理台のランプにくくりつけると、台のしたから金属製の薄いプレートのようなもの、それから縦に細長い三角形の赤い布を取りだし、布の尖った先端をベロンと垂らすようにして口に挟んだ。そのまま両手にじゃがいもを握ってこちらに駆けより、プレートをわたしに無理やり持たせると、横にいる女の子と壁のすきまにからだを割りこませた。

「ウースム！　プロシーム！　ウースム！」

ぶらさがったデジカメのランプが早い点滅を始める。やがてフラッシュの閃光がきらめき、カシャ、という乾いた電子シャッター音が地下に響いた。

男は台まで戻ってデジカメの画面を確認した。画面になにかつぶやくと、こちらに向かってうなずいた。女の子と奥さんはやれやれといったようすで、ためいきをつきながら奥の暗がりに戻っていった。

口元の布をはずした男は、コスチュームのうえから先ほどの前掛けをいい加減に装着し、包丁でじゃがいもを切りはじめる。それからようやく台のしたから塊肉が取りだされ、じゃがいもと一緒に調理台の鉄板でじゅうじゅう焼かれた。男は時折銀の串でつつきながら、五分ほどでこんがり焼きあがった肉といもを皿に盛り、肉の塊に細いナイフを垂直につきさしてテーブルにドンと置くと、奥に去っていった。

わたしは呆然としたまま、その肉をフォークで口に運んだ。皮がぱりぱりしていて中身がしっとりしていて、とてもおいしかった。一口食べたらもう止まらなかった。一人では食べきれないほどの尋常ではない肉の量だったけれども、わたしは無心ですべて食べきった。胃の腑に沁みる味だった。皿はすぐに空になった。

やがて男が勘定書きを持って戻ってきた。もうあのウエットスーツは着ておらず、元どおりセーターに前掛けという格好だった。四二五チェココルナ……思っていたより安い。昨日美南子と一緒にグラーシュを食べた旧市街広場のレストランでは、一人七〇〇チェココルナ以上は払った。美南子は「高い」といったが、わたしは「安いよ」といった。それからチップの額でもめた。

五〇〇チェココルナ札を渡しておつりを待っていると、男は小銭と一緒に一葉の写真を差しだしてきた。そこにはもちろん、変装した三人に囲まれプレートを持たされ、カメラをみているわたしのすがたが写っていた。プレートにはチェコ語でなにか書かれているが、すぐしたに5.12という今日の日付が記されている。

One hundred.

男はいった。今日彼が口にした唯一の英語だ。彼は一〇〇チェココルナ、日本円にして約四百五十円でこの写真をわたしに売りつけようとしている。

No thank you. わたしは首を振った。それでも男は One hundred. For your memory. としつこく写真を押しつけてくる。その手の爪に、ねじれたじゃがいもの皮が挟まっている。

結局わたしはチップ込みの一五〇チェココルナでその写真を買った。

写真をバッグに入れ、コートを着て店を出ようとすると、男がやけに熱心に、出口に近いほうの向かいの壁を指差しはじめる。みてみると、いま買ったばかりの写真とおなじような写真が一面、ずらりと飾られていた。変装三人組に囲まれているのは、この店の客らしかった。持たされているプレートには、一様に5.12という日付が記されている。客たちの肌の色も、年齢も、さまざまだった。満面の笑みをたたえているひともいれば、無表情のひともいた。彼らを取りかこむ変装三人組のうち、両脇の男と女はほとんど変わっていないようにみえた。客のひざに乗せられていたり、端ですねたように指をくわえていたりするあの金髪の女の子だけは、写真によって大きさがちがった。まだ生後間もないころだろうか、顔のほとんどを巻きつけひげに覆われて、天使の女に抱かれている写真もあった。より色褪せが激しい写真では、おばあちゃんがつけひげをつけて、ステッキを掲げていた。

またバン！　と派手な音がして、振りむくと焦げ茶色のワンピースを着た女がトンカチと釘を手にこちらにのしのし近づいてくる。顔に注目してみると、さっきまで天使の格好をしていた女だとわかった。彼女はなにもいわず、いきなり壁に釘をトンカチで打ちこんだ。それからわたしが買ったのとおなじ写真を、ひもつきの黒い額縁に入れて、その釘にひっかけた。

そとはもう薄暗かった。

わたしはコートのポケットに手を入れ、そこにあった飴玉を一つ、口に入れた。美南子がくれた飴だった。角から若い女性の二人組が、楽しそうに談笑しながらこちらに近づいてくる。わたしはその二人組をつかまえ、拙い英語で今日はなんの日かと尋ねた。すぐに十二月五日だということたえが返ってきた。

それは知っている、そうではなくて、十二月五日はなんの日なんですか？　聞きかえそうとしたところで、二人は同時に路面電車の停留所が集まる広場のほうを指さした。そこには地下でわたしを囲んだ三人とまったくおなじ変装をしたべつの三人組が、腕を組んで通りを練りあるいていた。一組だけではなかった。何組も、何十組もいた。

Tomorrow is Saint Nicolas day.

彼女たちはそういった。その瞬間、行きの飛行機でガイドブックを広げながら、眉を寄せて文章を読みあげる美南子の声がよみがえってきた。

「十二月六日は聖ミクラーシュの日。その前日の五日の夜には、街中を聖ミクラーシュと天使と悪魔が三人一組になって子どものいる家々を訪ねあるきます。一年間よい子にしていた子どもたちはお菓子をもらえますが、わるい子たちはじゃがいもをもらったり、顔に炭を塗られることも。ちなみに聖ミクラーシュは英語でいう聖ニコラス、つまりサンタクロースのことです……」

それから美南子は顔を上げて、「五日の夜はまだプラハにいるから、見られるかもね」とつぶやいたのだった。

若い二人組は広場のほうに歩きさっていった。

わたしはしばらくその場に立ちつくしたまま、ひとびとの往来をみつめていた。

いつのまにかうっすら霧が出ていた。

石造りの街で、暗い夜の色あいのなかに沈みこんでいくひとの群れは、霧の向こうで一つの巨大な影のようにゆらゆら揺れていた。やがてその影からふっとちぎれて、こちらに近づいてくる小さな影があった。今朝ホテルの部屋を出ていったときとおなじ、クリーム色のひざまであるダウンコートを着て、黄色いチェックのマフラーを巻いた美南子だった。

わたしは咄嗟に通りの真向かいにある建物の陰に身を隠し、美南子の足取りを見守った。数時間おきにみせる、いかにもこころここにあらずといったあのうつろな顔……きっとお腹をすかせて早めの夕飯を食べる場所を探しているにちがいない。

横断歩道を渡った美南子は、わたしが一度入ろうとしてあきらめたレストランのまえで足を止め、窓からなかのようすをうかがった。ところが満員だったのか、うらめしそうな顔をして、ふたたび通りを歩きだした。

あの子はきっとこの地下レストランの黒板のまえで足を止める、そしてTraditional Czech Dishesの三語を認め、矢印にしたがって、地下に続く階段を下りていく……するとわたしの予想通り、美南子は店の黒板のまえで足を止めた。無表情だったその顔がぱっと輝いた。美南子は階段の入り口まで進み、不安気に階下を覗きこんだ。

入っちゃダメ、美南子、あしたは聖ミクラーシュの日だから、その店に行くとおかしな変装をしたひとたちに取りかこまれて、怖い思いをさせられて、写真を売りつけられることになっちゃうから。わたしはそういって、彼女の肩をつかみたかった。と同時に、美南子をこのままあの不可解で不愉快な状況にみちびいて、これまでの行いを反省してもらい、後悔してもらい、わたしに助けをもとめてもらいたくもあった。

美南子は決心がついたらしく、地下へ続く階段を一歩踏みだした。

一歩、二歩、三歩……そこで一度立ちどまり、顔を上げる。すこし引きかえして、だれもいない通りを数秒みつめる。それからあきらめたように、彼女は階下にすがたを消した。霧が濃くなった。広場の影は大きくなった。

「もっとほかにいい店があるよ」

美南子が緑のドアを開けるまえに、わたしは痛恨の思いでその肩をしっかりつかんだ。

わかれ道

祖母の家だったか、姉のお気にいりのバッティングセンターだったか、それとも旧中山道沿いにあるデパートだったのか……とにかくわたしたちは、どこからか帰る途中だった。

毎週日曜日の午後になると、わたしたち一家は深緑色のブルーバードに乗りこんで隣の市に出かけた。市の中心にはＪＲと私鉄と新幹線の駅が交差していて、駅周辺にはちょっとした繁華街もあり、夏には県内でもそこそこ評判の花火大会が催された。当時は人口十万人弱の地味な地方都市だったけれど、畑だらけの田舎の町に暮らす子どもからしたら、立派な都会だ。祖母の家もバッティングセンターもデパートも、すべてその市内にあった。

午後をずっとおなじ一ヶ所で過ごすこともあれば、せわしなく三ヶ所を順にまわることもあった。祖母の家では昼食をごちそうになり、姉とわたしは年上のいとこたちと犬の散歩をし、母は祖母とかるいいいあいをし、父はだれとも話さず横になってねていた。バッティングセンターでは、主に母と姉がバットを握った。姉はほかの少年たちのように硬球を打ちたがったけれど、危ないからという理由でソフトボールしか打たせてもらえなかった。四角い機械に百円玉を二枚入れると、二十球ボールが飛んでくる。わたしはそのうち一、二球しか打てなかった。打ちはじめると、姉はなかなかバッターボックスから離れない。父は一度ボックスに立てば満足で、自販機のまえで煙草を吸いながら女三人を待っていた。デパートでは、母を先頭に一家一列になって、混雑する地下の食品フロアを時間をかけてみてまわった。父の気まぐれで、ひと月に一度くらいは、量り売りの蟹や牛肉が経木《きょうぎ》に包まれて車の後部座席に積まれた。

隣の市への行き来には、国道経由の路線バスのルートがいちばん簡単で早かった。でも父は信号が多いといってそのルートをきらい、遠回りだけれど比較的車通りの少ない、独自のルートを開拓していた。小学校に上がるころには、わたしはその三十分ほどの道のりを完璧に覚えてしまい、運転席でハンドルを握る自分を想像した。父のブルーバードはシートに煙草の匂いが染みついていて、そとがわの深緑色もあまりすきになれなかった。早く自分だけの車を手に入れて、祖母の家やバッティングセンターや、デパート以外の場所に出かけてみたかった。あるとき、年の離れた兄さんのいる同級生が、その兄さんが運転する車の助手席から、歩道のわたしに向かって手を振ったことがある。お姉ちゃんが十八歳になったらすぐに免許をとってもらおう、あんなふうに姉妹ふたりきりで、ドライブに連れていってもらおう……にわかに期待がふくらんだけれど、かんじんの姉が、車ぎらいだった。姉は活発なくせに車に酔いやすいたちで、夏休みの遠出のドライブではいつも顔を青くしていた。酔いはじめるとかたく目をつむってしまい、将来に備えて道を覚える気などさらさらないようだった。

十歳になるかならないかのころだったと思う。

その日もわたしはいつものように、助手席のうしろに座っていた。後部座席の右隣にはだれもいなかった……姉は助手席に座っていたのだ。本来そこにいるはずの母がどうしてその日は不在だったのか、よく覚えていない。むかしの友だちとどこかに出かけていったのかもしれないし、風邪をひいて家で留守番をしていたのかもしれない。

広々としている後部座席でもわたしはねそべったりせず、ふだんとおなじように左側の窓に身を寄せ、ドアロックのボタンをひとりでこちこち鳴らしていた。時折、助手席の窓のそとにあるサイドミラーで姉の表情を盗みみた。目があうと姉はふざけて腕を伸ばし、わたしの顔にふれようとした。わたしはその手をつかまえた。姉の体温はいつも低くて、手のひらはひんやり湿っていた。

　赤信号で車を停車させるたび、父は窓を開けて煙草を吸った。車内には低いヴォリュームで音楽が流れていた。カーラジオではなく、父がカセットに録音したお気にいりのフォークソング集だった。ということは、その日は晴れていたということだ——父は曇りの日にはエルヴィス・プレスリーを、雨の日には童謡のカセットをかけたから。英語の歌詞の意味はさっぱりわからなかったけれど、姉とわたしはでたらめに真似をして歌った。聞きなれた曲のメロディーはからだに染みこんでいた。姉と歌っているととても楽しかった。飛んでくるソフトボールをバットにミートさせるのとおなじくらい、姉は歌がうまかった。

　それがどうして急に、あんなけんかになってしまったのか。始めはいつもの、取るにたりない口げんかだったはずだ。姉がわたしの腕をひっかいたとか、わたしの唾が姉のほっぺたに飛んだとか……そういう思いつきのいいがかりから始まる、理不尽で不毛ないさかい。尖ったことばを投げつけるだけでは足りず、やがて手が出て、相手の涙や血を見るまではどうしても気持ちがおさまらず、だれかが強引に引き離してくれるまでは、お互いに離れたくても離れられない。

　最初に泣きだしたのは姉だった。わたしはめったなことでは泣かなかったけれど、姉が泣くときには必ずつられて泣いた。鼻水を垂らし、泣きながら罵詈雑言を繰りだすわたしたちを、父は放っておいた。父は大声を出すのがきらいで、母がわたしたちを叱るときには露骨に不快そうな顔をした。それが母の怒りを買い、子どもたちそっちのけで夫婦げんかが始まることもたびたびあった。母がどれだけ声を荒げようと、つられずに、かえってほとんどしゃべらなくなる父をみていると、わたしは不安な気持ちになった。父は我慢しているのではなく、ずるをしているようにみえた。でもそういう父の態度から、姉もわたしも確実になにかを学んでいたはずだ。

その日、姉妹のけんかがいよいよ佳境に入ってきたところで、父がひとこと「もうやめろ」といった。わたしたちは父を無視した。わめきつづけ、泣きつづけた。激してくるといつも、姉もわたしも自分がなににたいしてわめいているのか、なにに向かって泣いているのか、どうでもよくなる。大切なのは、ただ相手より強くわめき、強く泣くことだけになる。父は何度かいいかたを変えて、わたしたちを落ちつかせようとした。父は子どものけんかの終わらせかたが、母のようにはわかっていなかった。そのことで姉もわたしも、おそらく父を軽くみていた。運転席でハンドルを握る父の手は、わたしたちを引き離すには、すこし力が足りなさそうにみえた。

「けんかをするなら、二人とも降りなさい」

父がそういったときも、わたしたちは当然自分たちのことに夢中だった。

「降りなさい。車を停めるぞ」

父はもういいかたを工夫したりはせず、ただおなじことを繰りかえしつづけた。助手席に膝をつき、シートのうえからこちらをみおろして泣きわめいていた姉が、涙を流しながら一瞬、横の父をみた。姉はすぐにこちらに向きなおったけれど、充血した目でうらめしそうにわたしをにらみつけたきり、背を向けて助手席に座りなおしてしまった。すぐにシートの向こうから、うっ、うっ、と情けない嗚咽が聞こえてきた。泣きやもうとしているのだ。腹が立った。どうしてひとりで先にやめるの？　わたしはさらに激しくわめいて、広い後部座席で手足をばたばた動かした。信号が黄色に変わって、父が強めにブレーキを踏んだ。わたしは大きくまえにつんのめって、シートの足元にずりおちそうになった。それにまた腹が立って、自分でも驚くほどの金切り声が出た。

姉は完全に泣きやんでいた。サイドミラーに映っている姉は、疲れた顔でぼんやり遠くをみていた。父はもうなにもいわなかった。

スーパーのなかは明るかった。

夕食の材料や一週間分のお菓子でいっぱいになったピンク色のカートが、ちょうどわたしの目の高さで通路を行き交っていた。

車から飛びだしたときにはなにも考えられなかったけれど、家族連れでにぎわう店内を一人で歩いているうちに、なにかとても勇気ある、ほかの子どもにはなかなか真似のできない、立派なことをしたような気持ちになってきた。でもたいしたことじゃない。これは家出なんかじゃない。わたしはひとりで、歩いて家に帰ることを決めただけ。そういいきかせて、胸を張って歩いた。

お菓子売り場で、家の近くのスーパーには売っていないチョコレートのお菓子をみつけた。パッケージの写真には、チョコと一緒にきらきら光る赤や黄色のペンダントが写っていて、必ずどれか一つがなかに入っているらしい。ビニールのがま口が入ったポシェットは後部座席に置いてきた。お金があれば買えたのにと思うと悔しかったけれど、わたしはまだ、ひとりで買い物をしたことがなかった。月に一度、町の本屋に漫画雑誌を買いにいくときは、必ず姉か友だちが一緒だった。

お菓子の箱を戻して、しばらく店内を歩きまわった。通路を走って転んだり、カートにしがみついている小さな子どもたちがたくさんいた。まだ赤ちゃんなんだ、と思った。わたしはひとりでずんずんと売り場の通路を進んでいった。ふしぎとすこしもこころぼそくなかった。端から端まで歩いたらここを出て家に帰ろう、お父さんたちには絶対にみつからないように、ひとりで歩いて家に帰ろう、道はわかってるんだから。からだじゅうに力がみなぎっていた。なにも買えなくたって、このスーパーに売っているもののすべては自分のものだという気さえした。

そのときふと、店内に流れていた音楽が止まった。「迷子のお知らせをいたします。M町からお越しの……」これから帰ろうとしている、ねぎ畑だらけの町の名前だった。続けて呼ばれた名前もわたしの名前だった。年齢もおなじ。「白っぽい上着に、濃い色のズボン……」それだけがちがう。その日わたしが着ていたのは、淡いピンク色のセーターに紺色のスカートだった。

お父さんもお姉ちゃんも、わたしのことをちっともみていないんだ！　その日父がなにを着ていたか、姉がなに色の靴をはいていたか、わたしはちゃんとみていたし、はっきり覚えていた。姉はえんじ色のワンピース、父は黒いセーターにおろしたばかりのまだ生地の固いジーンズだ。「右の頬に、ハート形のほくろがあります……」思わず頬に手をやった。わたしのほくろはハート形なんかじゃなくて、ただの三角形だった。お父さんもお姉ちゃんも、ほんとうになんにもみていない！

すこし離れたところから、細長い卵のパックを手に持った女のひとが、じっとこちらをみていた。そばで小さな男の子が、「お母さん、お母さん」と花柄のスカートの裾をひっぱっていた。

だれにもみつからないように、わたしは走って店を出た。広い駐車場のどこかには、わたしを探す父の車が停まっているはずだった。でもその車のまえでふたりを待ちぶせて、しおらしく許しを乞う気はしなかった。バイパス道路とぶつかる大きな交差点の信号は青だった。駆けだすと同時に、横断歩道の青信号が点滅しはじめる。まえかがみになって全速力で走った。渡りきる直前に、信号は赤に変わった。

二車線の道路の、左側の歩道を歩いた。道の左側にはパチンコ店とお好み焼き屋が並んでいて、右側にはガラス張りのマクドナルドがある。もうすこし歩けば、広い市民運動場がみえてくる。まだあたりは明るかった。このまま歩きつづけて、そのうち日が暮れて、夜になってしまってもかまわないと思った。

横の車道ではひっきりなしに、車がわたしを追いこしていった。そのうちの一台が速度をゆるめて助手席の窓を開け、なかにいる父が姉と声を合わせてわたしの名前を呼ぶところを想像した。そうなれば、しばらく振りかえらずにいるつもりだった。そしてたっぷり時間を置いたあと、「ひとりで帰れるから、放っておいて」と叫んでもいいし、なにもいわずにずっと無視していてもいい。

また一台、車が脇を通りこしていった。

はっとして立ちどまった。父の車だった。

遠ざかっていくその車は、みあやまりようもない、わたしがいつまでもすきになれないあの深緑色の、わたしの誕生日に近い数字がナンバープレートに並ぶ、父の車だった。一瞬だったけれども、後部座席の左側にだれかが座っているのがみえた。顔はこちらを向いていた。

スピードをゆるめることなく、車は道の先のカーブに消えていった。

奇妙な感覚に囚われたまま、わたしはしばらくそこに立ちつくしていた。周りの景色はぼやけ、お腹の底が冷たくなった。

お父さんもお姉ちゃんも、どうしてわたしに気づかなかったんだろう？　歩いているわたしが、家や車のなかにいるわたしとぜんぜんちがうふうに見えたから？　そしてあの子、助手席のうしろに座っていたあの子は……？　ぼんやりしている頭のなかに、徐々にそのだれかの輪郭が引かれていった。それは白い上着に濃い色のズボンを穿き、頬にハート形のほくろのあるだれかだった。そのだれかがスーパーでみつけられ、父と姉と一緒にあの車に乗り、わたしのふりをして家に帰るのだ。そして待っていた母に「おかえり」といわれ、食卓のわたしの席に座り、わたしのベッドで眠るのだ。

いつのまにか、すっかり日は暮れていた。対向車のヘッドライトがまぶしい。スーパーのなかではからだじゅうに満ちあふれていた力が、もうどこにもなかった。気づけば目から、涙がぽろぽろあふれていた。

じっとしているうちに、セーター一枚では寒さがこらえがたくなってきた。首をすぼめ、セーターの袖に手をひっこめて、わたしはとぼとぼ歩きはじめた。あれだけ確信していた道のりも、もう定かではなくなっている。もっとまえに右か左に曲がるべきだったかもしれないし、目のまえに見えているカーブの先にはどう道が続いているのか、いつものようにはっきりとは思い出せない。

空の高いところでは星が輝きだしていた。わたしは再び立ちどまり、夏休みにプラネタリウムで覚えた北極星を探そうとした。夜じゅうずっとおなじ場所で光っていて、大むかしの砂漠の旅人たちに帰り道を教えたという星……家の庭から何度も姉とみたことのある星なのに、いまはどんなに目をこらしてもみつけられない。

もしもう一度——歩きだしたとき、わたしはこころに誓った。もしもう一度あの車に乗って、家族みんなでおばあちゃんちに行ったり、バッティングセンターでボールを打ったり、デパートに行って食品フロアを歩いたりすることができるのなら、もう二度と車のなかで泣きわめいたりはしない。二度とお姉ちゃんをぶったりしないし、黙っているお父さんをずるだとも思わない。

道はようやく、ゆるいカーブに差しかかりはじめていた。カーブの先には左に折れる道があり、角にはその年できたばかりのコンビニエンスストアが青白く光っていた。そしてその駐車場の一番端に、みなれた深緑色の車が停まっていた。

「なにしてるの？」

ちょうど明るい店内から出てきた姉が、わたしの顔をみておどろいた。

「お父さん、来て」

姉は半開きになった店のドアの向こうに叫んだ。出てきた父も、わたしをみておなじように目を丸くする。

「歩いてきたの？」

わたしはうなずいた。姉はえーっと大声を出して、持っていた白いビニール袋を振りまわした。

「今日はお母さんと留守番してるはずだったんじゃないの？　ここまで家からひとりで歩いてきたの？　なんで？」

「家からじゃないよ、さっきのあの……」

いいかけて、わたしは姉の格好に気づいた。姉はワンピースを着ていたけれど、その色は覚えていたえんじ色ではなく、青に近いむらさき色だった。うしろに立つ父は、灰色のセーターによれよれのジーンズを穿いていた。ふたりとも、わたしが覚えていた格好とはすこしだけちがっていた。

「お母さんには、ちゃんといってきたのか？」

父が近づいてきて、からだをかがめる。その朝きれいに剃ったばかりのひげが、鼻のしたにうっすら生えている。

「ここまで歩いてきたのは立派だけど、こんな時間にひとりで出歩いちゃだめだぞ。お父さんたちとここで会えなかったらどうするつもりだったんだ？」

父はわたしの背中を押して、車に向かわせた。１２の１８。ナンバープレートに並ぶ数字は、わたしの誕生日の日付そのままだった。でも、最後の一桁は7だったはずだ。父がはじめてこの車に乗って家に帰ってきた日、わたしは何度も、「どうしてあと一つちがう番号をもらえなかったの？」と、しつこく文句をいったはずだ。

「お父さん、いつ車の番号変えたの？」

父はわらって、「変えてないよ」とこたえた。

姉は助手席のドアを開けず、向こうがわに回って後部座席に乗り込んだ。そこにはだれも座っていなかった。置き去りにしてきたはずのポシェットも見当たらなかった。父は車を発進させた。街灯のしたを過ぎていく風景は、ふだんとなにも変わらなかった。

住宅街と畑と学校が、覚えている通りの順番に現れる。それはわたしがよく知っている道、完璧に記憶に刷りこんであるいつもの道だった。

カーステレオからは、低いヴォリュームで父のお気にいりのフォークソングが流れていた。姉とわたしはでたらめな歌詞をつけて、大声で一緒に歌った。途中、北極星がみつからないというと、姉はすぐに窓におでこをくっつけて、その小さな白い星を指差してくれた。家に着くまで、わたしは窓越しにずっとその星をみつめつづけた。かぼそい光を強く目に焼きつけた。これから先、またひとりぼっちになることがあっても、二度とその星を見失わないように……。

それから三十年の時間が経って、先月、長らく患っていた年上のいとこが亡くなった。葬儀の日、喪服すがたでそれぞれの住まいから駅に到着した姉とわたしを、父がロータリーで拾った。父はいま、白いプリウスに乗っている。去年買い替えたばかりだというけれど、シートにはすでに煙草の匂いが染みついている。助手席には母が座り、母のうしろにはわたしが座り、わたしの隣に姉が座る。むかしから変わらない、おなじ位置だった。

葬儀の帰りに思うところあって、わたしは助手席のうしろからあの忘れがたい、不可思議な午後の記憶を三人に話して聞かせた。だれも信じてくれなかった。「夢だろう」

と父はいい、「こわい話ね」と母はいった。姉は後部座席で半分目をつむりながら、げらげらわらっていた。

わたしの頰のほくろは時を経るにつれすこしずつかたちを変えて、いまではすっかりハート形になっている。

山の上の春子

もっと左、左だというのですこし手をずらしてぐっと押すと、春子はああっと声を上げて、しばらく動かなくなった。

「春ちゃん、大丈夫？」

押した腰骨のちょっと左のあたりを、みなとは軽くさする。うえから思いきり投げつけられた泥玉のように、春子のからだは敷き布団にべっちゃりへばりついて、服越しにでも、さわっていると手のひらがねばついてくるようだ。

最後にぽぽんと腰を叩くと、みなとは敷き布団の余白で手のひらをぬぐった。

「押しすぎた？」

「ううん」

「治った？」

「うん」

春子はゆっくりとからだを仰向かせ、みなとににいっとわらってみせる。ぶあつい唇から覗く、並びのよい大きな歯と歯のあいだに、黒いものが挟まっている。

「春ちゃん、歯」

「え?」

「歯、歯。ちゃんと歯みがきしなくちゃ」

「なんかついてる?」

「なんだろ。……海苔《のり》……?」

食べたばかりの朝ご飯に想いをめぐらすみなとをよそに、春子は口に指をつっこみ、歯ぐきをかきまわすような動きをしてから、ふたたびにいっとわらってみせた。

「バッチイなあ。手、洗ってきてよ。治ったんなら、さっさと立ってよ」

いいながらみなとは、春子の口につっこんでいないほうの、きれいな手をつかんでひっぱった。起きあがる気のないおおきなからだは、びくともしない。みなとはあきらめて、手をつなぎながら自分だけ立ちあがった。

みなと、春ちゃん、布団! 母屋《おもや》からどなり声が聞こえる。はあい、いま行く、みなとが大声で返事する一方、春子は唇をなめなめしながら、みなとにつかまれていないほうの、唾液《だえき》でぬれた指を畳にこすりつけている。

「春ちゃん、布団干さないと」

「うん」

「お母さん、ちょっと機嫌悪いみたいだから」

「うん」

「行こうよ。怒られちゃうよ」

「おばさん、なんで機嫌悪いの？」

「ミュージシャンたちが来るからでしょ」

「ああー。もうそんな季節なんだ」

「今年は二十人くらい来るって」

「へええ。今年はだれが、みなとを連れ去ってくれるんだろうね」

みなとはうえから、思いきり春子をにらんだ。手を離そうとしたけれど、今度は春子が離さない。

「うそうそ。冗談。あんたはもう、ひとのものだしね」

よいしょと声をあげ、立ちあがろうとした春子が急に体重をかけてひっぱってきたので、入れかわりに、みなとが布団にずるっと膝をつく形になった。春子はぶじに立ちあがったけれど、すぐにみなとの肩をむんずとつかみ、またしても、ああっとうめく。

「押して」

「ええ？」

「ここ、思いっきりやって」

「どこ、ここ？」

みなとは膝を布団についたまま、中腰になっている春子の左腰を、重ねた両手でぐっと押した。手はどこまでも春子のあつぼったい肉のなかにもぐっていって、このまま体重をかけていたら、向こうがわにつきぬけてしまいそうだ。

「ああそう、ああー、そうそう。もういい」

春子はひざまずいているみなとに向かって、また歯をむきだして、にいっとわらってみせた。さっき指をつっこんできれいになったはずなのに、なぜだかまた、歯のあいだに黒いものが挟まっている。

みなとは、春子の体温でまだぬくい布団についている両膝が、ずぶずぶと沈んでいくような気がした。


みなとと春子はいとこ同士で、みなとは今年三十一、春子は三十六になる。

みなとの家は、新潟県は十日町《とおかまち》の清津峡《きよつきょう》近くにある、老舗《しにせ》でも新しくもない、なんとも中途半端な観光旅館だった。八十年代に株取引で一山あてたみなとの祖父が、ほかに金の使いみちを思いつかず、清津峡へ行く観光客向けに、山あいの国道沿いに開業したのが始まりだった。

開業当初はそれなりににぎわったらしいけれど、温泉が湧いているわけでもなく、だからといってこれといった特色があるわけでもないから、経営状況は年々悪化している。むかしは従業員が住みこみで働いていたけれど、いまでは料理人がひとり、パートの仲居さんがひとりかふたり、通いで働いているだけだ。みなとの父は、祖父に対する義理立てから旅館を引き継いだだけで、積極的に旅館を発展させていこうという気が、そもそもなかった。気まぐれに一念発起して、ホームページを立ちあげようとしたこともあるけれど、勉強しているうちになぜだかオンライン・ゲームにはまってしまい、いまでは旅館の仕事はほとんどしない。旅館を動かしているのは、みなとの母だった。父の代で廃業することは、すでに家族会議で決まっている。あと何年かしたら、夫婦は土地も建物もまるごと売りはらい、越後湯沢の駅前にマンションを買って隠居するそうだ。廃業が決まって以来、みなとは旅館の手伝いをやめ、町なかのスーパーでレジ打ちのパートを始めた。

春子は三年まえから、敷地内にある離れ（もとは、みなとの子ども部屋だった）に住んでいる。いちおうは旅館の従業員扱いになっているものの、仲居というわけではない。来たばかりのころは、ほかの仲居さんと一緒に給仕をしたり、お茶を出したりしていたけれど、ひと月もせず「春ちゃんは、力仕事のほうが向いてるね」とみなとの母親にいわれ、それからは布団を干したり、ビールケースを運んだり、使いみちはないのに敷地内の木を切って薪《まき》を割ったり、いわれたとおりの力仕事をしている。

ずっと静岡の実家に住んでいた春子が、この旅館の世話になることになったのは、春子の母親が、妹であるみなとの母親に頼んだからだった。

本人から直接聞いたわけではないけれど、母親と伯母との電話越しでの会話の断片から推しはかる限り、春子はどうも、静岡で婚約に失敗したらしい。いわゆる婚約破棄というものなのか、あるいは婚約までこぎつけられなかったということなのか？　みなとはなんとなく、後者ではないかという気がしている。

三年まえ、ボストンバッグ一つで旅館にやってきたいとこを一目みて、みなとは驚いた。もともとぽっちゃりはしていたけれど、その前年、浜松での法事で会ったときに比べたら、春子は別人のようにふとっていた。

「あたし、追いだされたんだ。あんまりご飯、食べすぎるから……」

わらってそういうけれど、実際春子は、とてもよく食べる。でも、食べているわりに、来たばかりのころと比べてそんなにからだつきが変わっていないのは、この山あいの空気が良いのと、力仕事でからだを適度に動かしているせいだろう。みなとだって、けっしてやせてはいないけど、むしろだれがみても立派なぽっちゃり体型だけれども、春子と一緒にいると、自分がずいぶんちいさくなったような気持ちになる。

春子の滞在は、当初は気分転換がすむまで一ヶ月間くらい、と決まっていたはずなのに、あと一ヶ月、もう一ヶ月、とずるずる帰省を引き延ばしているうちに、いまでは三年の月日が経ってしまった。一従業員でありながら、流されやすいひとばかりのこの旅館のなかで、春子の立場はなんとなく、年々偉い感じになってきている。だから腰痛だなんだと理由をつけて仕事を怠けていたって、だれも文句はいわないのだった。

「春ちゃん、腰大丈夫?」

離れにつながる廊下から娘と姪が連れだって歩いてくるのをみつけると、みなとの母親はまず、姪に声をかけた。

「うん、大丈夫。みなとが押してくれたから、よくなった」

「あんまりひどかったら、病院行かないとね」

「みなとに押してもらえば治るから、平気なの」

「そんなに押してばっかりいたら、からだがでこぼこになっちゃうよ」

「でこぼこ？　やだあ、おばちゃん！　あっはあ！」

なにがそんなにおかしいのか、春子と母親は口を押さえてわらいはじめる。どなっていたかと思うと大わらいしたり、むっつりしていたかと思うと急に目をきらきらさせたり、このふたりは実の親子以上に親子らしいと、傍《はた》でみているみなとはしらけてくる。自分がいなくなったら、いま以上にふたりはほんとうの親子らしくなるんじゃないか、そう思うと、ほっとするような、腹が立つような、複雑なこころもちだ。

みなとは来月、この旅館を出て、埼玉に嫁ぐことになっていた。その準備のために、スーパーのパートも先週辞めた。生まれ育った土地へのささやかな恩返しではないけれど、引っ越しの日までは、むかしのように旅館の仕事を手伝うつもりでいる。

「お母さん、今日剪定《せんてい》するんでしょ？」

「え？　ああそう」

「どこ刈ればいいの？」

「門のとこの、カイヅカとツゲと……あとは適当にやって」

「それ終わったら？」

「裏で空き瓶洗って」

「それ終わったら？」

「休んでていいよ。今晩から、忙しくなるからね」

いうと母親は、背を向けて帳場のほうによろよろ歩いていった。

「おばさん、ぜんぜん不機嫌じゃないじゃない。むしろ機嫌よさそう」

みなとはこたえずに、サンダルを履いてそとに出た。

今日も朝からよく晴れている。雪がとけてから一度も手入れをしていないカイヅカイブキの生け垣は伸び放題で、刈り甲斐がありそうだ。みなとは用具小屋に行き、剪定ばさみを二本と、あまり汚れていない軍手を二組選んだ。小屋から出ると、春子はツゲの茂みにしゃがんで、目を閉じている。

「春ちゃん、これ……」

ん、と返事をしたきり、春子は目を開けない。

「あたしがカイヅカやるから、春ちゃんはツゲ、やってね」

目を開けたので、やる気になったのかと思いきや、春子は声をはりあげて元気よく歌いはじめた。

唄《うた》はちゃっきり節、男は次郎長

花はたちばな、夏はたちばな……

一度春子が歌いだすと、本人の気のすむまで歌は止まらない。みなとはあきらめて、剪定ばさみと軍手を芝のうえに落とし、一人でカイヅカイブキの生け垣に向かった。

剪定は、子どものころからみなとのすきな作業だった。素人仕事だけど、集中すれば、定規ではかったみたいにぴっちり刈りこむことができる。みなとは生け垣の横に立って、切りそろえるラインをこころにしっかりと描くと、それに沿ってはさみを動かしはじめた。

そおれ、ちゃっきり、ちゃっきり、ちゃっきりよ……

春子はまだ、しゃがんで歌っている。無駄にうまいのがまた、みなとをいらつかせた。春子は歌うことと、ひとをいらつかせることのほかに、ほとんどとりえがない。

きゃーるが啼《な》くんて、雨づらよ……

春子が得意な「ちゃっきり節」は三十番まであって、春子はその三十番の歌詞を、すべて暗記している。そのうえ間奏部分までしっかり間をとるので、ぜんぶ歌うと、三十分近くかかる。

今日の感じだと、十番くらいまでは歌うかなと思ったけれど、春子は二番以降を歌わず、両手をべったり地面について、いつのまに口に入れたのか、くちゃくちゃガムを噛《か》んでいた。静かになったのでいらいらも静まるかと思いきや、みなとのこころにはなんとなく、釈然としないものが残った。どうしてだろうと振りかえってみると、ちょっとまえの春子の言葉がよみがえってきた。今年はだれが、みなとを連れ去ってくれるんだろうね。という、あれだ。

だれにみられているわけでもないのに、みなとは頬がかっと熱くなるのを感じた。

あのおでぶ、ひとのことバカにして、やな感じ……。

みなとは手を止めて、一度、深呼吸をした。そうやってちょっとこころを落ちつかせてから、指のまたの湿り気をTシャツでぬぐい、はさみを持ちなおし、それまでの倍の速さで緑を刈りこんだ。気づいたときには、カイヅカイブキの表面はだいぶ斜めになっていた。

七月の数日間、ミュージシャンの一行が旅館にやってくるようになったのは、ちょうど春子がこの旅館で暮らしはじめた年だった。

彼らの目的は、苗場《なえば》のスキー場で行われる、おおきな野外コンサートに行くことだった。ふつうのお客さんならば、会場近くのホテルや温泉宿に泊まるのだけど、値段は高いし、混んでいるし、かといって、キャンプ場でテントを張るのはガラじゃないということなのか、ミュージシャンたちはわざわざ会場とは反対方向にある、いつでもがらすきのみなとたちの旅館に泊まるのだった。

顔ぶれは毎年微妙にちがう。とはいえ、ギターケースを抱えて何台かのバンに乗りあわせてやってくるのはおなじで、どいつもこいつも、金髪であったり、長髪だったり、鼻にピアスをしていたり、ぼろぼろのTシャツを着ていたりする。よくみれば、なかにはただのちんぴらみたいなのも混ざっていたけれど、みなとの母親はこだわらず、ひとまとめに「ミュージシャン」と呼んでいた。毎年そのうちの何人かが泥酔して、畳を汚すわ、仲間内でけんかを始めて血を流すわ、手間のかかる客ではあるけれど、払うものはきっちり払うし、廃業が決まっているとはいえ、まだ完全に経営を投げ出してはいないこの旅館にとっては、ありがたい固定客なのだった。

みなとからすればこの一行は、夏の数日間さんざん騒いでは、ただでさえ虚弱な母の神経を消耗させていく、はた迷惑なひとたちでしかない。そわそわしていたのは春子のほうだ。春子はミュージシャンたちが内輪で盛りあがっている宴会場のまえを何度も行き来し、頼まれもしないのにビール瓶のお代わりを持っていったり、お酌をしたり、せっせと給仕に励んでいた。

だから去年、みなととミュージシャンのひとりに起こったことは、旅館のだれもをびっくりさせた。みなとは、二日間、ミュージシャンと失踪したのだった。

みなとはそのときすでに、婚約中だった。どうしてあんなことをしたのか、いまでもよくわからない。記憶があんまりないのだ。ただ、二日間で七回セックスしたことだけは覚えている。車のなかで二回して、ホテルで四回、最後にまた車のなかで一回やった。相手の男の背中が、ごまをばらまいたみたいにほくろだらけだったことも覚えている。男といえば、婚約者と、大学時代に二ヶ月だけ付きあった彼氏しか知らなかったから、一回目はほんとうにおそるおそるだったけど、相手の男がうまかったのか、たまたま相性がよかったのか、つい夢中になってしまった。ただ、免許証を盗みみて、男が四十九歳だと知ったとたん、みるみる冷めた。バスに乗って旅館に帰ると、母親に泣かれた。父親はなにかいいたそうだったけれど、結局なにもいわなかった。春子だけがへらへらしていた。だいたい春子に、車のなかでペッティングをしているところをみられたのがいけなかったのだ。あまりにきまりがわるくてそのまま車を出してもらったら、なんだか帰りたくなくなって、気づいたらずいぶん遠くまで来てしまっていた。春子はもちろん、両親に告げ口するだろうと思っていたけど、まさしくそのとおりだった。

この失踪事件は、婚約者には知らされなかった。旅館内で話題にするのも、禁じられた。

お見合いで決まったみなとの婚約者は、東京で中学校の教師をしている。みなとよりひとまわり年上の四十二歳で、みなとがお嫁に来たら、二世帯住宅を建ててくれるといっている。

結局みなとは、春子がやるはずだったツゲの剪定までですませて、裏の水道で空き瓶洗いを始めた。

どうせ手伝う気がないくせに、春子もついてきて、逆さまにしたビールケースに腰を下ろしてぼんやりしている。履いているサンダルを投げ出し、脱毛の跡がぽつぽつ目立つ足を広げ、鳥の巣をほんのすこしマシにしたみたいな髪を指にからませ、口は半開き、目はうつろだ。

むかしはこんなじゃなくて、もっとしゃっきりしていて、かわいいおねえさんだったのになあ……。

みなとは、夏休みになると家族と一緒に一週間ほど滞在し、そのあいだずっと自分の遊び相手になってくれた、かつての「春子おねえちゃん」を思い出した。車から降りてくる清楚な白いワンピース姿の春子をみると、みなとは嬉しくて、叫びながらかけよっていったものだ。あのやさしい清楚な少女が、これが二十年後の自分のすがただと知ったら、膝をついて泣きくずれてしまうんじゃないだろうか。

ふと視線を感じて振りむくと、春子の目はおおきくみひらかれていた。みなとは、ぎくっとした。

「どうしたの、春ちゃん」

「来た」

「え、なにが?」

「ミュージシャンたち。聞こえない? ほおら、来た!」

耳をすませば確かに、国道のほうからじゃかじゃかじゃかと騒がしいものが近づいてきている。まもなくそのじゃかじゃかははっきりとしたロック・ミュージックになりかわり、母屋の向こうの駐車場に、何台もの車が停まる音がした。

「今年はさらわれないように、気をつけなきゃね」

またしても春子は去年の事件をむしかえして、にやにやわらいをうかべている。みなとが無視して空き瓶洗いの続きを始めると、春子は「さあ、お出迎えしようっと」と立ちあがり、おおきなからだを揺らして表のほうに歩いていった。

バン、バン、バン、バン、荒々しいドアの開閉音に続いて、男たちのはしゃぎ声が、裏まではっきり聞こえてきた。

このミュージシャン一行には、毎年決まってリーダー格の男がいて、四、五人の主要な子分がその男の機嫌をとり、そのほかの男どもは滞在中、飲んでいるか暴れているか、半裸でねているかのどれかだった。去年みなとをさらっていったのは子分格の男で、仲間内では几帳面で通っていたそいつが一行の会計係を兼ねていたため、いなくなったと知れたときには、激昂《げっこう》したリーダーが、怒りのあまり庭の灯籠《とうろう》を一つ蹴りたおしたらしい。

今年のリーダー格は、古賀《こが》と呼ばれている男だった。一目みてかたぎの人間ではないとわかる、くるくるパーマの長髪を黒いハットから垂らし、四角いサングラスにぴっちぴちの黒い革パン、おいらんのぽっくりみたいな超厚底の、編みあげブーツでキメている。なにかというと、「古賀さん、古賀さん」とへいこらされているけれど、当の本人はふんぞりかえるわけでもなく、「サンキューな」とか、「わりぃな」とか、意外に謙虚な態度をみせていた。

夕方になると、みなとは春子と一緒に厨房に入って、宴会で出す料理の手伝いをした。ところが気づくと春子の姿がない。あわてて捜してみると、母親と仲居さんと一緒に、勝手に宴会の給仕に出ているのだった。おかげでみなとと、料理人の山根さんはてんてこまいだ。

「みなと、ビールはもっと手前に出しといてよ！　あのひとら、すっごく飲むんだから」

「あたしはこっちやってるんだから、できないよ。春ちゃん、そっちはお母さんたちの仕事なんだから、こっち手伝ってよ」

「ぜえんぜん、おばさんたちだけじゃ間にあわないったら。わあ、なに？　てんぷらのおつゆ足りない？　みなと、おつゆおつゆ」

「おつゆ？　山根さん、おつゆどこでしたっけ……」

ようやく宴会が終わって一行が部屋に引きあげると、みなとはふらふらのからだをひきずって、仲居さんと片付けを始めた。久々の宴会給仕に母親はすっかりくたびれてしまったらしく、みなとに戸締まりや風呂の指示を出してから、早々に部屋に引き上げていった。父親はもう、ねている時間だ。気になるのは、片付けの途中で「ちょっとトイレ！」といって出ていった春子が、なかなか戻ってこないことだった。仲居さんに聞いてみると、「みなさんと、お出かけになって……」と気まずそうに目を伏せる。

「お出かけって、どこへですか」

「さあ、なんでも、湯沢になじみのカラオケ屋さんがあるとかで……」

「カラオケ？」

「夜でも、一時間百円で歌えるそうで……」

宴会場の窓から背伸びして駐車場をのぞくと、確かにバンが一台なくなっている。酒を飲んだ男たちと女ひとりで夜の街に繰り出すなんて、みなとは春子が心配になった。とはいえ春子ももういい年の大人なんだし、なにをしようと自業自得だ。なので両親には特に報告もせず、片付けを終えるとさっさと風呂に入り、戸締まりをして、ばったり布団に倒れこんだ。


翌朝、目覚ましベルが鳴るなか、みなとが布団のなかでうとうとしていると、遠くからさわがしい音楽が近づいてきて、裏の駐車場でぴたりと止まった。はっとして時計をみると、六時三分だった。車のドアの開閉音に続いて、あーはっはあ！　と春子の大わらいが聞こえてくる。

信じられない、あのひとたち、いままでずうっと遊んでたってこと？

顔を洗って着替えてから、みなとは離れに向かった。春子は鍵もかけずに敷きっぱなしの布団に大の字になって、もうぐうぐう寝入っている。

「ちょっと、春ちゃん」

揺さぶっても、まるで目を覚ます気配がない。

「もう、バカじゃないの。朝帰りなんかして。春ちゃんはお客さんじゃなくて、うちの従業員でしょう」

のれんに腕押しだとわかってはいても、みなとはいわずにはいられない。「もうっ」腹立ちまぎれに出腹をはたいてふと部屋をみまわすと、昨日腰を押してあげたときに一緒に片付けたいろいろなものが、また元どおりになっている。

取りこんだまま、ぐちゃぐちゃと積みかさねられている洗濯物、使ったんだか使っていないんだか、ごみ箱の周辺に広がったままのティッシュペーパー、開けっ放しになっているきなこねじりの袋二つ……袋の一つからは、中身が数本畳の上に飛びでている。どうしてこういう中途半端な食べかたをするのか、みなとにはさっぱりわからない。腹立たしいながらもなんとなく口寂しいような感じがあって、一本を口に入れて噛んでみると、じゃりっとして、みしみしとして、きなこの香ばしい風味がみなとを一瞬、やさしい気持ちにさせた。

みなとは立ちあがってティッシュペーパーをごみ箱に捨て、洗濯物を畳んだ。それからきなこねじりの袋を輪ゴムで留めると、春子のからだにタオルケットをかけて、部屋を出た。

一行の目的である野外コンサートは、滞在三日目に予定されている。コンサートの翌日十時にチェックアウトの予定なので、つまりは三泊四日の日程だ。コンサートがある日を挟んだ二泊三日で十分じゃないかとみなとは思うのだけど、

「あのひとたちは、汚れた東京の空気に染まりきっちゃってるから、まずはこのあたりのきれいな空気で、からだを清めなきゃいけないんだって」

と、得意気に春子はいう。カラオケで朝帰りした春子の顔は、ピンク色にむくんでいる。

みなとは昨日一行が飲みちらかしたビール瓶を、またしても裏の水道で一本一本ゆすいでいた。

「カラオケなんか行ったら、お清めの邪魔にならないの?」

「カラオケはいいんだと思う。だってカラオケで、そういうふうにいってたんだもん」

「春ちゃんはなに歌ったの？」

「ちゃっきり節」

「それだけ？」

「古賀さん、いい声してるって褒めてくれた。アン・ウィルソンみたいだって」

「だれそれ？」

「アメリカ人の歌手」

「アメリカ人の歌手が、ちゃっきり節なんか歌うわけないじゃん」

「だからあ、歌じゃなくて、声のことだってば」

春子はまた、声をはりあげて歌いだす。

唄はちゃっきり節、男は次郎長
花はたちばな、夏はたちばな……

「お、春子ちゃん、歌ってるね」

突然声がしたので、みなとはびっくりして振りむいた。ハットから靴まで今日も全身まっくろの古賀が、サングラスをかけて母屋の壁によりかかっていた。

「古賀さん、古賀さん、ここ、ここ」

春子は即座に立ちあがり、近くにあったビールケースを自分が座っていたケースの隣に置いて、古賀に手招きする。

「さすがは、全国ちゃっきり節大会日本一」

隣に座った古賀に顔のすぐまえで拍手されて、春子はピンク色の頬をさらに赤らめた。

春子は確かに、静岡で長唄を習っていた十歳のとき、ちゃっきり節日本一全国大会子どもの部で優勝したことがある。ただ、あまりに特別な記憶なので、ひとにはめったにいわないらしく、みなとが賞状の現物をみせられ仰天したのはつい半年まえくらいのことだ。そのとっておきの自慢をすでに古賀が知っているということは、春子が古賀を、それだけ価値のある人物とみなしているということだろう。

「もう大むかしの話ですよう」

「いやいや、すごいよ日本一なんて。ものすごい難曲だし。それに男は次郎長って、しびれるね。おれ、次郎長すきだ」

「あたしもすきです。清水の人間にとって、次郎長はヒーローなんです」

春子はそういうけれど、むかし見たドラマかなにかの影響で、みなとは次郎長をやくざの親分くらいにしか思えなかったし、第一春子の生まれも育ちも、清水じゃなくて浜松だ。

「春子ちゃんの、いとこさんだって？」

古賀はサングラスのふちをちょっと下げて、切れあがった細い目で直接みなとの目をみた。アイプチでもしているのか、くっきりと不自然な線がうわまぶたに走っている。目のしたは、なんだかしわしわしていた。このひと、意外と年とってる。みつめられながら、みなとはそう思った。

「はい。みなとです」

「みなとさんね。じゃあミニーさんだ。よろしく、ミニーさん」

みなとでいいです、といいかえそうとすると、古賀はサングラスを元の位置に直していった。

「昨日いろいろ聞いたよ。ミニーさんは来月結婚するんでしょ？　だんなさん、東京で先生してるんだって？」

みなとは春子をにらみつけたけれど、春子は意に介さず、ただにやにやしているだけだった。

「東京はマジで最低の街だ。人情もへったくれもありゃしない。でもおれは、その東京で生きずにはいられない」

「正確には、学校が東京にあるだけで、住むのは埼玉の、上尾《あげお》ってとこなんです」

「ひまだったらライブ来てよ。春子ちゃんも来てくれるんだよな？」

「もちろん行きます！」

「興奮して、脱いじゃう女の子もいるんだよ」

肉付きのいい春子のからだに臆面《おくめん》もなく当てられる古賀の視線を、みなとはたまらなく不快に感じた。「わたし、草むしりする」ビール瓶洗いを中断して立ちあがると、春子は「おつかれえ」と甘い声を出した。

母屋の角で振りむくと、さっきは拳《こぶし》一つぶんくらいは離れていたふたりのからだが、この数秒足らずのあいだに、ぴったりくっついている。春子が近づいたんだか、古賀が近づいたんだか、わからないところがさらにいらついた。去年もそうだった。あたしがあのひとに近づいたのか、あのひとがあたしに近づいたのか、わからないけど、気づけば二人はくっついていたんだった……。

みなとは頭を振って、男のほくろだらけの背中をこころから追いだそうとした。

その晩も宴会だった。

でしゃばりの春子はまたせっせと給仕とお酌に励み、汁物をこぼしたり運ぶ順番をまちがえたりして、仲居さんの仕事を増やしている。そのわりに料理が遅いだの、てんぷらのころもがしなっているだの、みなとと山根さんにいちゃもんをつけにきては、ビール瓶を抱えて座敷に走りかえっていく。いちいち付きあってはいられないので、みなとは聞きながしていたけれど、ムカつくことはムカついた。

宴会が終わると、酔いつぶれなかった者たちは前日のようにカラオケには繰り出さず、庭でギターをかきならしはじめた。幸い近隣に民家やほかの旅館はないので、近所迷惑にはならないけれど、疲れたからだで片付けをしているみなとの耳には、ひどく障る。

片付けの合間にようすをみてみると、春子は古賀の横にぴったりくっついて座っていた。いつのまにかリーダーの女扱いされているらしく、ビール瓶を持った子分に、お酌までされている。ほとほとあきれて片付けを再開しようとしたところ、「みなと！　電話！」帳場にひっこんでいた母親が呼んだ。

行ってみると、「小林さん」と無表情でいわれる。みなとは子機をとって、すこし離れたところで受話ボタンを押した。

「もしもし」

「あ、もしもし。みなとさん？」

「はい、みなとです」

「遅い時間にごめんね。ちょっと家のことで……」

「あ、はい、なんでしょう？」

「駐車場は、三台ぶんあったほうがいいのかな、と思って」

「え？　駐車場？」

「ほら、うちの父と母は、ふたりとも一台ずつ持ってるから。僕たちは、いまは乗らないけど、ゆくゆくはきっと、車持つようになるんじゃないかな」

「ええ、まあ、そうかもしれませんね」

「でもまた増税になるんだし、いまのうちに買っちゃったほうがいいんじゃないかとも思うんだ」

「まあ、いつか買うなら、増税前に買っちゃったほうが、いいのかもしれないですよね」

「でもするとさ、やっぱり駐車場三台ぶん必要ってことになって、家の敷地が狭くなるよね」

「ええ」

「だからやっぱり、買うのは無理なのかなって」

「ええ……」

それから三十分ほど、みなとは婚約者の車の話を聞いていた。子機を置きにいくと、母親が帳簿から顔を上げた。

「小林さん、なんだって？」

「なんか、車買おうと思うんだけど、買えないと思う、って」

「どっちなの？」

「わかんない」

「なんでいつも、こっちの電話にかけてくるのかしら。あんたの携帯にかけろっていいなさいよ」

「二回くらいいったんだけど、なんでだろう、忘れちゃうのかな……」

「真面目なひとよね」

来月には、いま電話で話した男と埼玉県で所帯を持ち、一年後には完成した二世帯住宅に、義父母と住む。そんな自分の未来を、みなとはまだ他人事のようにしか想像できなかった。いろいろと苦労があるだろうな、とは思うけれど、その苦労も、まだほかにいろいろある選択肢の一つとしか思えず、自分にはもうそれしか選べないのだ、なんていう実感は、まるでないのだった。

「春ちゃん、あのひょろいリーダーと仲良しみたいね」

母親はボールペンをつんつんとうえに向けて、かすかに聞こえるけれど、そこにはない音楽を指す。

「そうなの。相当、入れこんじゃってるみたい。昨日なんか朝までカラオケ行って、お昼過ぎまでぐうたらしてたのに、宴会のときだけまた元気になって。いちおう従業員なんだから、お母さんもなんかいったら」

「去年のあんたの、真似してるんでしょ」

「…………」

「にぎやかでいいわ」

みなとはむっとして、「おやすみ」といったきりその場を離れた。

自室に戻る途中で再び庭のようすをうかがうと、さっきより人数はまばらになり、たぬきの石像の隣のちいさな電灯の下で、古賀がギターを弾いていた。半円形に彼を囲む子分のなかに挟まって、春子はショートパンツから伸びるむっちりした足を投げだし、蚊にでも刺されたんだろう、しきりに太ももをぼりぼり掻《か》いている。春子だけでなく、子分たちも首やら腹やらを掻いている。古賀も一曲弾きおえるたび、腕と足首を掻いている。ぼんやりした自分の未来の苦労よりも、薄やみでかゆがっている、庭の酔っぱらいたちの苦労のほうが、いまのみなとにはなんとなく近しく感じられた。

蚊とり線香とキンカンを持っていったら、喜ぶかな……思いながらもなにもせず、ぼんやり眺めているうち、オレンジ色の光で急に視界が明るくなって、はっとした。みるとキャンプファイヤーのように、一同の中心で火が燃えている。燃やされているのは前日にみなとが刈った、カイヅカイブキとツゲの枝だった。

「ちょっと、なにやってるんですか！」

みなとは慌てて裸足で外に飛び出し、水道からホースをひっぱってきて、炎に向かって放水した。古賀と取り巻きたちは、うひゃああとまぬけな声を出してギターを水からかばい、母屋の縁側へ逃れていく。

「もう、せっかくいい感じだったのにい。ミニー、なんで消しちゃうの」

みなとの横で春子がからだをくねらせる。

「そのミニーっていうの、よしてよ。春ちゃん、火事になったらどうすんの？」

「火事になんかならないよ、風もないんだし、こんなちっちゃい火なんだから」

「庭に火ぃつけるなんて、お母さんがみたら卒倒しちゃうよ」

「そうかなあ。でも未遂に終わったんだから、おばさんたちには、いわないでね」

すぐに火は消えたけれど、みなとは今後絶対に庭でキャンプファイヤーなどしないよう、まだすこし離れたところで腕を掻いている古賀のほうもちらちらみながら、春子に約束させた。それから証拠隠滅のため、子分たちに命令し、枝の燃えかすを裏庭に埋めさせた。

翌日、一行は朝食をかきこむように食べると、バンに分乗して山のコンサート会場に行ってしまった。

みなとはいつもどおりに起きて、朝食の準備と片付けを手伝ったけれど、春子は起きてこなかった。一行が出発して一時間近くも経ってから、ようやく顔をみせたかと思うと、「もう行っちゃったんだあ。見送りたかったのに」とふてくされ、のろのろ朝食を食べてからも、ずっとふてくされていた。

午後、みなとがまたしても裏でビール瓶を洗っていると、春子がぬっと現れて、「これ、古賀さんがくれた」と、なにか差しだしてくる。

みてみると、それはCDアルバムで、ジャケットの写真にはきれいな外国の女のひとが二人、真っ赤なハートマークを挟んで背中あわせに写っていた。

「このひとが、アン・ウィルソンだって……」

春子が指差したのは、向かって左側の、黒髪で、口を半開きにしているほうだった。

あごの線がくっきりして、はかなげでありながらちょっとエキゾチックな感じもする、ものすごい美人だ。

「へえ、美人じゃない。こっちの金髪のひとよりきれい」

「でしょう？　このひとが、あたし、あたしに、似てるんだって」

どのあたりが？　みなとはその質問をぐっとこらえた。申し訳ないけれど、どうみても、おたふく顔の春子とは似ても似つかない。

「雰囲気がね」

さすがに自分でもおせじがすぎると思ったのか、春子はいいたした。

「へえ、よかったね」

みなとはＣＤを返して、ビール瓶洗いを再開する。

「バンに積んでるＣＤボックスのなかに、たまたま入ってたんだって。古賀さんのじゃなくて、だれかのみたいなんだけど」

「それ、どんなの？」

「すごいかっこいいよ。あたしがすきなのは、ええと……」

春子は細い目をさらに細めて、ＣＤジャケットに顔を近づけた。

「ド、ドリームボー……ええと、ドリームボート・アニーって曲。昨日古賀さんが、みんなのまえで歌ってくれたの。アニーってとこを春子に変えて」

春子は鼻の穴をふくらませ、あやふやなハミングを始めたけれど、みなとの耳には、春子が歌うとどんな歌でも、ちゃっきり節に聞こえてしまう。

「こんな感じなんだけど。みなと、じゃない、ミニーも聴きたい？」

「ミニーじゃなくて、みなとでいいよ」

「いいじゃん、ミニーのほうがかわいいよ。あたしなんか、春子なんて名前だから、あだ名だってつけてもらえない……。ね、とにかくこのひとたち、ほんとにかっこいいんだよお。こっちの金髪のひとが、ギター弾くんだって。あ、このふたりは実は姉妹でね、金髪のひとが妹で、あたしに似てるほうが、お姉ちゃん。あたしもギター、始めようかなあ。古賀さん、あたしの手は、ギタリストの手だっていってた。ギターって、いくらくらいするのかなあ」

「さあね。十万円くらいじゃない」

「十万円だったら、分割払いで買えるかなあ。買っちゃおうかなあ」

「買えば」

「ミニーも一緒にやろうよ」

「あたしはいい」

「そうだよね、一緒に始めても、ミニーは来月東京に行っちゃうし……」

「だからその、ミニーっていうのやめてってば。それに東京じゃなくて、埼玉だし」

「古賀さん、東京だと月一くらいでライブするんだって。あたしが来るときは、チケット、買わなくていいって。ね、だから今度東京行くときは、ミニーのとこに泊まってい い？」

「うーん……。家が建ったら泊まれると思うけど、それまではなんか、狭いところみたいだから……。お客さん用の、ねる部屋はないかも」

「いいよ、居間とかでねさせてもらえば」

「……小林さんがいいっていったら、いいと思うけど……」

「じゃあ聞いといてね」

べつにいまに始まったことでもないけれど、みなとはそのときむしょうに、春子の、とても三十五の女とは思えない、うわっついたしゃべりかたがはげしく気に障った。春子はCDを太陽にかざして、またハミングを始めている。そのハミング、やめてくれない？　いおうとして、みなとはもっと、意地悪なことがいいたくなった。

「あのさ、春ちゃん。べつにお説教するわけじゃないけどさ」

春子はハミングをやめない。自分の声がよく聞こえるように、みなとは蛇口をひねって水を止めた。

「なんでそんなに古賀さん古賀さんってはしゃいでるの。あのひと、あからさまにうさんくさい感じするんだけど」

「古賀さんが？」

春子はようやくハミングをやめ、みなとに向かって眉をひそめる。

「そう。古賀さん。うさんくさいよあのひと」

「ちがうちがう、古賀さんは、すごく純粋なひとだよ。少年みたいなんだから。ミニーも話してごらんよ、ぜんぜんうさんくさくなんかないから」

「だってみるからに、あやしいじゃん。なんで夜でもサングラスしてるの。しかも、部屋んなかでもずっとハットかぶってるし。ほんとうははげてるんじゃないのかな。ちょっとみえる髪だって、けっこう白髪混じってるよ。実はすっごく、年とってると思う。からだも異常に細くて、不健康そうだし」

「不健康じゃないよ、爪なんか、ぴかぴかしてるよ」

「ぴかぴかしてるのが気持ちわるい」

「なによ、ミニーがかけおちした男なんか、もっと年とってたし、もっとうさんくさかったじゃん。しかも古賀さんみたいなリーダーじゃなくて、ほんとにいるのかいないのかわかんないような、小粒なやつだった」

「春ちゃん、まさか、去年のこと、あのひとたちにしゃべってないよね？」

「しゃべったよ。カラオケのとき」

「なんでそういうこと、べらべらしゃべるの！」

「しゃべられて恥ずかしいことなんか、しなきゃいいじゃん」

「だれにだって、生きてれば恥ずかしいことの一つや二つ、あるでしょ！」

「あたしにはない」

ふんぞりかえっていう春子に、みなとは返す言葉がみあたらない。

確かに春子は、恥ずかしくないのかもしれない。恥ずかしいという気持ちじたいを、すっかり失くしてしまったのかもしれない。この山のなかでか、静岡で婚約に失敗したときか、ちゃっきり節大会で優勝したときか、わからないけれど……。

「ね、あたし昨日、古賀さんに抱かれそうになっちゃった」

「は？」

「古賀さんが離れに来てね、求めてきたの。……あたし、迷ったんだけど、ぎりぎりのところで拒んだの。でも今晩は……」

みなとは口をあんぐり開けて、春子の顔をみた。

「今晩は、なんなの？」

「なんなのって……セックスするの」

「バカじゃない？」

「なにがバカなの」

「春ちゃん、あのひとの彼女になったの？」

「おまえはおれの女だって、いわれたけど」

「まさか、本気にしてないよね？」

「もちろん、古賀さんは本気でいってたけど」

「春ちゃん、ほんとにバカなんじゃないの？　あのひとにとったら、春ちゃんは、やれそうだからやるっていう、それだけの女だよ」

「なにいってんの、ひとのこといえないくせに。ミニーだって、去年、二日間、男とやりまくったくせに。あんたはそうだったかもしれないけど、あたしはちがう。猿みたいに何度もやらなくったって、一回やっただけで、本気か遊びか、そのくらいわかる」

「まだやってないじゃない」

「だから今晩やるの」

「やるやるって、春ちゃんほんと下品。ほんと、あきれてものがいえない」

「じゃあ黙ってれば」

「あとで傷つくの、春ちゃんだよ」

「だからなに？　自分だけお嫁に行くからって、偉そうに言わないでよ。ミニーとあたしはちがうんだから。ひとのこと、ぜんぶ思いどおりにしようと思わないでよ」

「そのミニーっていうの、いい加減やめてよ！」

みなとは思わず、持っていたビール瓶を蛇口の根元に叩きつけた。

パーンと派手な音が鳴って、茶色い破片があちこちに飛んだ。春子はきゃっと悲鳴をあげて、逃げていった。みなとは後悔したけれど、一つ深呼吸をしてから、ポケットの軍手をはめて破片を集めた。重なった破片は、太陽の光を浴びてきらきらと光った。


ミュージシャンたちの帰りが遅いその晩は、みなとと、みなとの両親と、春子と、残っていた仲居さんひとりで、しめじめと食卓を囲んだ。

昼間のけんかがあったから、みなとと春子は一言も口をきかなかった。春子がかなしそうなのは、昼間の自分の言葉に傷ついているからではなく、古賀たちが明日の昼には帰ってしまうからだろうとみなとは思った。

寝るまえ、みなとはノートパソコンを起動させて、インターネットで「アン・ウィルソン」を検索した。動画サイトにアップされていたライブ映像の一つをクリックし、舞台袖《そで》から出てきたアンを一目みて、みなとはあっと声をあげた。春子が持っていたジャケットの写真、あれはずいぶん古いものなのだ。いまみなとが目にしている、２０００年代の、中年になったアン・ウィルソンは、でっぷりと太り、魔女のようなけばけばしい化粧と装いで、あのジャケットに写っていたはかなげな美女の面影をすっかり失っていた。

古賀が春子に似てると言ったのは、むかしのアン・ウィルソンではなく、いまのこの、貫禄《かんろく》のあるおばちゃんになった、アン・ウィルソンなんだ……。みなとはようやく納得した。あのうさんくさい古賀も、口からでまかせの口説き文句をいったわけではないらしい。ただ、むかしの動画と比べてみても、アン・ウィルソンの歌声は変わらずにパワフルで、情熱的だった。埼玉のレンタルＣＤショップに、このバンドのＣＤは置いてあるだろうか？　春子に借りるのは癪《しゃく》だから、置いてあったら、借りようと思った。この声がちゃっきり節を歌ったら、春子が歌うのと、あんまり変わらないだろうか？　そうも思ったけれど、想像するのもやっぱり癪で、みなとはそのまま眠くなるまで、アンが歌う「ドリームボート・アニー」を聴いていた。

十二時を過ぎると予告していたとおり、一行が帰ってきたのは夜中の一時過ぎだった。みなとはもう寝入っていたけれど、エンジンの音で目が覚めた。窓のそとを覗くと、離れの電気がついて、寝間着姿の春子が外に駆けだしていくのがみえた。一行が帰ってきたら、春子が旅館の鍵を開けることになっていたのだ。

ヒューッとか、ウヒーッとか、つぎつぎ奇声を上げながら、男たちは車から降りて旅館に入っていく。どの男の脚も、膝のしたが黒っぽくみえるのは、灯りが作る影のせいじゃなくて、山の泥のせいかもしれなかった。翌日の部屋の掃除や布団のクリーニングのことを思うと、みなとは早くもうんざりした。

男たちは全員なかに入ったようだけど、春子と古賀は、なかなか戻ってこない。ほっといてねようとしたけれど、やっぱり気になって、というより、覗き見された去年の雪辱を果たしてやりたいような、というより、おれの女だなんだというのはぜんぶ春子の妄想で、いやがる古賀にすがって泣く春子の恥ずかしい現場を押さえてやりたい、やらねば、という思いがむくむくと湧いてきて、みなとはそっと部屋を出た。

駐車場に面した廊下の窓から、バンのうしろのドアを開け並んで座っている春子と古賀のすがたが、庭の灯りに照らされてみえた。

なにを話しているのかはわからないけれど、ふたりは顔を近づけて、笑っているようだ。ギターを弾く真似をしたり、空を指差したりして、楽しそうだった。しばらくすると、ふたりは同時に立ちあがった。離れに行くのかと思ったら、ふいに古賀の両手が、春子の頬にふれた。春子は頬を挟まれたまま、なぜか一歩下がった。古賀の顔が近づいていった。春子の表情は窺えないけれど、急にそのからだが、ちいさくなったようにみえた。彼女の目のまえに、なにかとてつもなく巨大な岩が立ちはだかっているかのようだった。

ふたりの唇は、ぴったりくっついた。

みているみなとは、喉のあたりが締めつけられるのを感じた。

唇は、まもなく離れた。古賀はすこしそっぽを向いて、ポケットから出した煙草に火をつけたのを、まだすぼまった形のままの、春子の唇に挟んだ。

ふたりはふたたびバンのうしろに並んで座り、同時に空をみあげた。

空には満天の星がきらめいていた。

みなとはそれ以上みていられなくなって、静かに寝室にひきあげた。

翌朝の十時、チェックアウトの時間になっても、一行はだれひとりとして起きだしてこなかった。

さすがにみなとの父親が母親にせっつかれ、部屋のふすまを開けて「起きてください！」と叫んだ。するとようやく、男たちはゴム人形のようにだらだらふにゃふにゃ起きだし、酒臭い息をはきながら、ごにょごにょ互いを罵《ののし》りあいはじめた。みかねた母親が「ハイ、ハイ、ハイ！」と手を叩くと、彼らは服もまともに着ないまま、青い顔や黄色い顔を連ねて、そとに出ていった。古賀だけはなぜだかいつものように血色がよく、「や、どうもお世話になりました」と手を振り、車に向かってさっそうと歩いていく。

みなとはいちおう頭を下げて、玄関で一行を見送った。別れを惜しんで春子はどれほど泣きわめくのか、最悪、あたしも一緒に連れていってと強引にバンに乗りこんでしまうんじゃないか……その光景を思いえがいて内心ひやひやしていたのだけど、当の春子はなぜだか古賀の近くには行かず、離れのまえの椅子に座って、ひとりでぼんやりしているだけだった。

残っていた会計係が、ようやく支払いを終えてそとに出てくる。頭を下げようとすると、派手なエンジン音が聞こえ、一台のバンが駐車場に停まるのが見えた。バンの運転手は女で、降りてくるなり、ほかのバンのまえで煙草を吸っていた男たちと、親しげなハイタッチを交わしはじめた。

「あら、お友達かしら……」

出てきた母親がにがわらいしていったけれど、女を一目みてみなとは、あのひとはむかしのアン・ウィルソンに似ている、と思った。

女は一つ一つのバンを覗きこみ、最後の一台でようやく古賀をみつけると、そとにひっぱりだして、首元に抱きついた。みなとはからだが冷たくなるのを感じた。おそるおそる離れの春子に目をやると、食いいるように、じっとふたりをみつめている。

古賀はそのまま女に手を引かれ、女が運転してきたバンの助手席に乗りこみ、女が差しだしたペットボトルに口をつけた。そして女の肩に腕を回し、女の唇にぶっちゅうと自分の唇を合わせた。

砂埃を巻きあげて、一台一台、バンは去っていく。

「いやあ、今年もにぎやかだった。あたしは疲れたから、ちょっとねるわ」

母親がうしろでおおきなためいきをついて、母屋のなかに入っていった。


部屋の掃除を終え、庭に降りて仲居さんと干した布団にファブリーズを吹きつけながら、みなとは何度も、離れを振りかえった。

離れはすっかり、沈黙していた。耳を澄ましてみても、歌はもちろん、ハミングだって聞こえてこない。埼玉にもこんな静けさはあるのだろうかと、みなとは思った。そしてここにはこれからずっと、こんな静けさしかないのだろうか。

唄はちゃっきり節、男は次郎長……

誘いかけるように、ちょっとおおきな声で口ずさんでみても、続きはだれにも歌われない。

離れのまえにぽつんと置かれたままの椅子をみて、みなとはふと、バンが出ていくとき、春子があの椅子から立ちあがらなかったのは、腰痛のせいじゃないかと思った。だとすれば、自分が押しにいってやらないといけない。その腰痛が、古賀と一緒に過ごした一夜の後遺症なのかどうかはわからないけれど、痛がっているのなら、あとでちょっと、押しにいってやらないと。

山の緑が風にそよいで輝いていた。遠くで鳥が鳴いていた。仲居さんが布団叩きを摑んで、バシバシ布団を叩きはじめた。

静かだと思ったけれど、音は確かにそこにあった。みなとには、いまここに集まっているすべての音が、春子がふたたび歌いだすための、前奏であるように思われた。

わたしのおばあちゃん

この間《あいだ》はいなげやへつれてゆかないでごめんなさいね　おばあちゃんはみすずちゃんの事《こと》を思《おも》っていったことです　今度《こんど》きたときは、つれていってあげますからゆるして下《くだ》さいね　みすずちゃんをおこらしてしまいおばあちゃんは頭がいたいです　早《はや》くきげんを、なおして下《くだ》さいね　おばあちゃんはみすずちゃんが大すきです

みすずちゃんへ

おばあちゃんより

わたしにはこんな手紙を書いてくれるおばあちゃんがいた！　なんて幸せな孫だったんだろう。あのころわたしはいつもおばあちゃんに会いたかった。梅干しを吸っているみたいにちょっとだけすぼまった口、視線がぶつかるとぎょろっとみひらいた丸い目、

厚ぼったい毛糸の靴下にくるまれた太い足首……近よるとたばこと焼き魚の匂いがした。わたしの祖母、わたしのおばあちゃん、いまでもわたしはいつもこのおばあちゃんに会いたい。

子どものころ、二度肺炎で入院したことがあるというと、聞いているひとはたいがいエッという顔になる。「あなたのような元気いっぱいのひとが」だとか、「だからいつも、声がかすれぎみなんですね」だとかいうひともいる。そこに「親ふたりがいつも、すぱすぱたばこを吸ってたからね」なんて返すと、相手はまたエッ、という顔になって、「それが原因?」とくるものだから、「原因じゃないとおもうよ」わたしはあわてて否定する。「あのころ、たいがいのお父さんというものは、たばこを吸うものだったでしょ、うちの田舎では、お母さんだってよく吸ってたし、学校の職員室では先生だって吸っていました」すると相手は「うちの田舎では、そんなことなかったな」とうれしそうに顔をほころばせたり、「それってなんだか、有史以前の話のようですね」と急にうなだれて、テーブルのふちに視線を落としたりする。それから子どもの貧困だとか、高齢化社会の話になることもある。われわれ女性の寿命はこの先も延々と伸びつづけて、あと何年かすると、この国の五人に一人を六十五歳以上の女性が占める〝おばあさんの世紀〟がやってくるんだとか……。

県道沿いにある広い駐車場つきの生協病院の小児科に、わたしは五歳のときと十一歳のときに入院した。十一歳のときの入院はほんとうに退屈だった。でも五歳のときの入院は夢のようだった。元気なときなら週に一度しか会えない大好きなおばあちゃんが、山ほどの塗り絵や着せ替えブックや髪飾りをおみやげにもって、毎日お見舞いにきてくれたから。

六人部屋の窓際のベッドに横たわっているわたしの手首には細いチューブが刺さり、そのチューブは銀のポールで吊りさげられた点滴袋につながっている。窓のそとには、緑の葉をたっぷり茂らせた背の高い欅《けやき》の木がある。その茂みでしょっちゅう、カラスがぎゃあぎゃあ鳴いていた。特に朝の早い時間がすさまじかった。大勢のカラスが競いあって鳴いているという感じではなくて、一羽のカラスが捨てばちに、力の限り鳴きつくしている、そういう感じで、ぎゃあぎゃあ、ぎゃあぎゃあ、鳴いているのだ。わたしは毎朝、この一羽のカラスの鳴き声で目が覚めた。カラスって早起きなんだな、黒いというだけで、なぜ夜の鳥だとおもっていたんだろう、ばかだな、わたしは、そんなことをおもっていると、なんだか晴れ晴れとした、ゆかいな気分になってきて、そんなふうなときにはきまって梢の向こうに青空が広がっていて、わたしはねたまま空に手を伸ばす……その瞬間、視界をかすめる手首の異変に、たちまちゆかいな気分が台なしになる。

手首に刺さる細いチューブが、刺さっているところからわりばしくらいの長さにわたって赤黒く染まっているのを、わたしはぼんやり眺める。看護師さんの処置がまずいのか、針の角度や血圧の問題なのか、入院中、わたしの血液はねているあいだにしばしば点滴チューブを逆流した。ベッドの枕元には緑色の丸いブザーが備えつけてあり、なにかあったときにはその緑の丸を押せば、看護師さんを呼ぶことができた。ブザーを押すと、病室の天井の真んなかにぷつぷつ空いている小さな穴のなかから、「どうしましたか」と声が聞こえてくる。ブザーを押した病人は、自分のからだにどんなおかしなことが起こったのか、そのぷつぷつに向かって、大きな声で説明しなくてはいけない。ところがわたしには、これがものすごく苦痛だった。家のなかでは一国の女王さまのようにいばりくさっているくせに、他人のまえではろくに名前さえいえない、そういう子どもはひとりにされると余計依怙地《いこじ》に自分が生みだした不安にしがみついてしまうものなのか、わたしはどうしても、ブザーを押せなかった……。

沈黙とひきかえにからだから血が抜けていくのをすっかり受けいれてしまったあのような朝、わたしは目を閉じて、死ぬなあ、死ぬなあ、とおもいながら、そとのカラスの鳴き声を聴いた。ずっとのち、大人になってから、チベットのほうに「鳥葬」という弔いの文化があることを本で知った。その部分を読んでわたしがまっさきに思い出したのは、この五歳の朝、病室での、さびしいひとこまのつらなりだった。もし自分がいつかチベットに生まれて死ぬことになるのなら、わたしの鳥葬を担当するのはあのカラスであってほしい、いつかチベットに生まれて死んだわたしをねこそぎ食べてくれたのは、あのカラスであってほしい……大人になったわたしは切にそう願ったけれども、もしほんとうにそういうことになっているのだとしたら、つじつまがあいすぎてなんだかつまらない。

でもどちらにせよ、わたしには、おばあちゃんがいたのだ。「みすずちゃん」目を開けると、いつも白いカーテンを背景にして、おばあちゃんがいた。「またここがおかしなことになってるじゃない」おばあちゃんは血のたまっている点滴のチューブをちょっとつねると、病室を出て、看護師さんと一緒に戻ってくる。看護師さんはてきぱきと仕事をこなす。おばあちゃんが着せ替えブックを開いて、下着すがたの女の子の絵をはさみでちょきちょき切ってくれる。病室のほかの子どもたちはまだねている。

わたしの親たちとおなじように、このおばあちゃんもまた、喫煙者だった。家事でも散歩でも、とにかくなにかするとすぐ、一服の時間になった。マッチをこすって火をつけて、ほんの何回か深く呼吸をするように吸うと、すぐに先を灰皿に押しつけて火を消してしまうので、ぶあついガラスの灰皿のなかは、ほとんど新品のようにみえるたばこでいっぱいだった。おばあちゃんは、わたしにマッチの使いかたを教えた。どんなにぺにゃぺにゃの薄い側薬相手でも、おばあちゃんは必ず一発で火をつけた。たいしてわたしは、極端にマッチ棒のはじっこを持ったり、側薬をこする一瞬に怖じ気づいて力を抜いてしまったりするので、なかなか火をつけることができず、たいてい途中でいやになって、投げだした。

おばあちゃんは猫が大すきで、三毛猫の「みい」と茶寅の「ちゃーこ」と鯖寅《さばとら》の「くっくちゃん」を飼っていた。おばあちゃんがかわいがっている猫たちを、わたしも容赦なくかわいがった。わたしはこのおばあちゃんを敬愛し、溺愛するあまり、台所や散歩やスーパーに行くのについていくのはもちろん、トイレにだってついていった。市街地に住んでいたわたしたち家族の家から、おばあちゃんの家は車で二十分ほど南にくだる、田舎にあった。歩いて五分圏内に、神社が三つもあるような、夏には田んぼの脇の水路でいくらでもザリガニ釣りができるような、そういう田舎……。家のトイレはくみとり式の、いわゆるぼっとん便所だった。ドアには壊れやすい木製の鍵がついていたけれど、おばあちゃんはほとんどのとき、この鍵をかけなかった。トイレに行ったおばあちゃんを追い、いったんドアが閉まったのを確認してから、えいっとドアを開けると、しゃがんでいるおばあちゃんの大きなお尻がみえる。顔も手もしわだらけで、あちこちにお茶をこぼしたようなしみがあったおばあちゃんなのに、お尻だけはつるんとしていて、なめらかだった。便器のしたの、おそろしい暗闇に向かって放尿したり、脱糞しているさいちゅうのおばあちゃんは「あっちにいきなさい」といやがったけれど、わたしは頑固に「ここにいる」といいはり、やることをやるおばあちゃんを息をつめてみていた。

五歳のわたしが肺を病んで入院していた期間、おばあちゃんは毎朝やってきて、塗り絵をしたり、人形ごっこをしたりして、昼前には帰っていった。気まぐれに、夕方また、ひょっこりすがたをみせることもあった。そのときには遊び道具ではなく、県道を挟んで病院の向かいにあるドムドムバーガーで、コロッケバーガーを買ってきてくれた。「はやく食べちゃいなさい」おばあちゃんはほかの子どもたちにみえないように、シャッとカーテンを引いた。看護師さんや親の目を盗んであわてて口に押しこんだそのコロッケバーガーの、おいしかったこと！　冷めてしまってはいても、コロッケバーガーは味が濃くて、かさがあって、お腹にずっしりたまった。「退院したら、これを十個たべる」わたしが息巻くとおばあちゃんはわらい、実際に退院したあとそれを実行したかどうかは忘れてしまったけれど、わたしが中学校に上がった年、おばあちゃんとドムドムバーガーに行って、ふたりでコロッケバーガーをたべたことがあった。おばあちゃんは入学祝いに、えんじ色の、Misuzu とローマ字で刻印の入ったボールペンをプレゼントしてくれた。向かいあってコロッケバーガーを頬張っているとき、おばあちゃんはわたしの顔をしげしげと眺めて唐突に、「みすずちゃんが結婚するまで、おばあちゃんは生きていられないね」といった。

「そんなこといっちゃヤダ」とわたしはいった。「おばあちゃん、そんなこと、いっちゃ駄目」

コロッケバーガーをたべおえたわたしは、「足りない。もう一個食べたい」と、おばあちゃんにねだった。おばあちゃんがポケットから出してくれた五百円玉を手にレジに行って、ほかほかのコロッケバーガーを買った。おつりを渡してきたレジのひとが、なんだか泣きだしそうな顔をしていた。テーブルに戻るとまた、「みすずちゃんが結婚するまで、おばあちゃんは生きていられない」おばあちゃんが黄色い、かさかさの爪をいじりながらつぶやいた。「ぜったい生きていられるよ」そう反論しても、おなじことをいいつづけて、やめなかった。わたしは怒って、無口になった。当時、もともと会話のすくなかったわたしの父と母のあいだには非常に険悪な、ちくちくとした空気が漂うようになっていて、父は遅くまで家に帰らず、母は妙に明るかった。すこしまえの晩、母と向きあって母お手製のクリームコロッケをたべていたとき、わたしはふいに、たべてもたべても、たべたりない、という感じにつかまった。それで自分の皿を空にすると、無言で食卓を立ちあがり、台所にラップをかけてとっておかれている父のぶんのコロッケを、立ったまま手づかみでむしゃむしゃたべてしまった。「お父さんのぶんまで、食べちゃった」食卓に戻っていうと、母は表情を変えず、「お父さんは図書館に行って、新しい奥さんのところで食べてくるから大丈夫よ」といった。

みすずちゃんが結婚するまで、おばあちゃんは生きていられないねえ。きれいな花嫁すがたをみたかったんだけどねえ。ドムドムバーガーの白い、つるつるのテーブルに肘をついて、おなじことを、いろんないいかたで繰りかえしているおばあちゃんに、わたしはいった。

「お父さんの新しい奥さんって、図書館のひとなんだ」

いってすぐ、恥ずかしくなった。うそだよ、ちがうの、なんだかでたらめいっちゃったみたい、とりけそうとした瞬間、

「それって、三十五歳のひとでしょ」おばあちゃんがいった。「お父さんが教えてくれたよ」

おばあちゃんは、にやにやしていた。頭がまっしろになった。あれ、おばあちゃんて、お母さんのお母さんなんじゃなかったっけ、それともお父さんのお母さんなんだっけ？

こんがらがったわたしが黙っていると、おばあちゃんは、「おばあちゃんは、そのひとの顔を、図書館までみにいったことだってあるよ」という。「そのひとが、みすずちゃんの良いお母さんになれるか、知りたかったからね」

まるでそれがもともとの目的だったかのように、おばあちゃんとわたしはすぐにバスに乗って、件のひとが勤めている市民図書館前の停留所で降りた。この図書館は、わたしが暮らしていた地区の図書館とはちがって、古めかしい、深緑色の蔦《つた》に覆われた、あちこち角ばった感じのする建物だった。おばあちゃんは足早にわたしの手を引いて、自動ドアから館内に入った。すぐ目のまえにある、ゆるやかなカーブを描く木のカウンターに、四角い大きなパソコンが何台か並んでいて、その向こうにエプロンをつけたショートカットの若い女性が座っていた。「あのひと?」訊くと、おばあちゃんは「ちがう」といった。

おばあちゃんとわたしは、手をつなぎながら館内をみてまわった。名札つきのエプロンをつけた女性とでくわすたび、わたしはおばあちゃんに「あのひと?」と訊き、おばあちゃんは首を横にふった。二階の隅にある郷土資料室のドアを開けると、窓際の大きな書架のまえに立ち、小型の白い機械で一心不乱に本のバーコードを読みとっている女のひとがいた。茶色く染めた長い髪を襟足で一つにくくっていて、うしろからぱっとみた感じ、ほうきがぶらさがっているみたいだった。

「あのひと？」わたしが訊くと、おばあちゃんはようやく首を縦にふった。

おばあちゃんって、なんでもわかっちゃうんだね、すごいね、さすがおばあちゃんだ、わたしはこころのなかで、ふかぶかとおばあちゃんにひれふした。それからわたしたちは郷土史の本を一冊本棚から抜きだして、女のひとの横顔がみえる位置の机に並んで座り、仕事をする彼女を眺めた。三十五歳だというそのひとが、三十五歳にしては若いのか、老けているのか、横顔とうしろすがたからはさっぱりわからなかったけれども、横からみえる眉毛は曲線ではなく直線的で、口元は一文字に結ばれていて、意志が強そうだった。このひとがうちのお父さんと結婚することを決めたというなら、それはそうなることなんだろうな、わたしはうっすらそうおもって、そのおもいつきに、納得できるような気がした。そして自分の新しいお母さん、というより、お父さんの新しい奥さん、といったほうがまだしっくりくるそのひとを、父親の知らないところでこうしておばあちゃんと一緒にみはっていることに、うしろめたくも、ぞくぞくするような冒険の興奮を覚えた。

おばあちゃん、わたしたち、スパイみたいだね。顔を寄せてささやこうとすると、おばあちゃんは持っていた焦げ茶色のハンドバッグのなかから、メモ帳とペンを取りだした。そして仕事をしている、お父さんの新しい奥さん、あるいは、わたしの新しいお母さん、の絵を描きはじめた。まず顔の輪郭を描いて、ほうきみたいな髪の毛を足して、肩の線と胴体の線を引いて、それからまた顔に戻って、ちょこちょこっと目と鼻と唇を描いて、メモ帳をわたしによこした。わたしはかばんのなかからさっきもらったばかりのボールペンを出して、おばあちゃんの描いた絵の隣に、わたしの座り位置からみえる角度のお父さんの新しい奥さん、あるいは、わたしの新しいお母さん、の絵を描いた。わたしは絵が得意で、小学校の美術展では何度も入賞していたくらいだから、おばあちゃんよりもずっと上手に描けた。自信たっぷりにメモ帳をみせると、おばあちゃんはふっと鼻で笑ってメモ帳をひったくった。それからしばらく、わたしたちは交替ごうたいに、目のまえでせわしく立ち働いているひとの絵を描きあった。何往復かしたところで、おばあちゃんは急にアザラシの絵を描いた。わたしは負けじと、マンタの絵を描いた。するとおばあちゃんはナマケモノを描いた。わたしはハリネズミを描いた。おばあちゃんはみいとちゃーことくっくちゃんの顔を描いた。わたしはみいがストーブのまえで丸くなっているところと、ちゃーこがまぐろの刺身を食べているところと、くっくちゃんが宙に浮くちくわに飛びついているところを描いた。

わたしたちはメモ帳の残りのページぜんぶを、猫の絵で埋めた。そのあいだ、お父さんの新しい奥さん、あるいは、わたしの新しいお母さんは、一心不乱にぴっ、ぴっ、とバーコードを読みとりつづけていた。

高校に上がるとすぐ、わたしはクラリネットが吹ける隣の市出身の男の子と親しくなり、はじめてのデートで映画に行き、二度目のデートで鴨のいる池に行き、三度目のデートで、おばあちゃんの家に遊びにいった。

はじめての恋愛にすっかり舞いあがっていたわたしは、四六時中この優しい、くっきりとした顔つきのクラリネット奏者の男の子に恋いこがれ、どこに行くにもこの彼氏と一緒だったけれど、トイレにまでついていって、放尿や脱糞をしているところをみたい、とはおもわなかった。そんなふうにおもえた相手は、わたしのおばあちゃんだけだ。この男の子とは三年くらい付きあって、そのあと何人かの男の子とまた恋愛をし、そのなかの一人とは結婚までしたけれど、わたしは家で、レストランで、職場で、さっと席を立ってお手洗いにいくいとしい男のひとたちのあとを、一度も追わなかった。このことを考えると、いま、わたしは、わっと泣きだしたいくらいの敗北感を覚える。

おばあちゃんは車に乗って（わたしのおばあちゃんは、その気になれば車だって運転できた！）、わたしたちをなじみの中華食堂に連れていってくれた。ここの五目かたやきそばが、おばあちゃんの大好物だった。四人掛けのテーブルに、わたしとおばあちゃんが並んで座り、向かいに彼氏が座った。

夕飯にはまだ早い時間だったからか、ほかにお客さんはいなかった。おばあちゃんは、いつまでもたべざかりの期間が終わらないわたしたちのために、餃子を五皿もとってくれた。夢中で食べているわたしたちをにこにこ眺めながら、おばあちゃんはザーサイをつまみに、ビールを飲んでいた。そうしてなごやかにかたやきそばが運ばれてくるのを待っていると、とつぜん店の引き戸がものすごい音を立てて開き、背中にぴゅうっと冷たい風が吹きつけた。向かいにいる彼氏の口に入りかけていた餃子が、ぽとっとテーブルに落ちた。振りかえると、暗い色のジャンパーを着た男が四人、横に並んで立っていた。黒い手袋をはめた手には、黒いずたぶくろや、バットや、トランシーバーのようなものが握られていた。四人のうち三人はサングラスをかけていたけれど、左から二番目のひとだけ、サングラスの代わりにひょっとこのお面をつけていた。厨房からかたやきそばを持って運んできた店の女性が、男たちをみて立ちすくんだ。沈黙が店のなかに満ちた。おばあちゃんだけが、戸に背を向けたまま、ぽりぽりとザーサイをかじり、ビールを飲んでいた。

男たちは、入ってきたのは自分たちだというのに、まるでわたしたちが店ごと彼らの家に侵入してきたかのように、唇をふるわせながら、ほんのすこしだけ後ずさりした。とおもうと、いきなりそのうちのだれかが奇声をあげ、それを合図にしたかのように、みなそれぞれにテーブルを蹴り、入り口近くに積みかさねてあったビール瓶のケースをバットで倒し、壁に何十年も貼りつけられていたメニューの紙を破き、わたしたちのテーブルの皿をつかみ、餃子を天井に投げつけた。そしてそれを、だれかがひっきりなしに写真に撮っていた。フラッシュが光った。

おばあちゃん、このひとたち、頭がへんだよ、わたしたち、殺されちゃうかもしれないよ。わたしはすぐに隣にいるおばあちゃんの肩を抱き、大事なおばあちゃんを安全なところに移動させたかったのに、腰からうえをひねってうしろを向いたまま、すこしも動けなかった。男たちのジャンパーも、だぶだぶのズボンも、くたびれて汚らしかったけれど、そのうちひとりの履いているスニーカーだけが、下ろしたてみたいに、まっしろだった。まっしろすぎて、ちょっと青くもみえるひもが、スボンに隠れるぎりぎりのところで、きれいに蝶結びしてあった。

男たちの奇声と、丈夫なものが破壊される音と、女のひとの悲鳴で、店のなかには音があふれかえっていたのに、わたしにはずっと、おばあちゃんがザーサイを噛む、ぽりぽり、という音が聞こえていた。そしてふいに、そのぽりぽり、が止まって、こん、とテーブルにグラスが置かれた。おばあちゃんが立ちあがった。

「これから、あたしのおまんまが始まるというところなんですよ」

男たちが、おばあちゃんをみた。

「年寄りの食事をじゃまする人間は、どうせたいして長生きできませんよ」

男たちは気まずそうに顔をみあわせ、数秒後、強力なマグネットでそとからひきつけられたかのように、みるみるうちに店のなかから消えてしまった。それと入れ替わりにがらがらと引き戸が開いて、「こんばんは」と警棒を手にしたおまわりさんが現れた。男たちが暴れだしてすぐ、厨房の若いひとが裏口から出て、走って交番まで呼びにいったのだという。

おばあちゃん、なにあれ、すごい、すっごいかっこよかったよ。天井に打ちつけられて、そのまま落ちてきた餃子が散乱するテーブルで、ようやく落ちつきを取りもどしたわたしがほめると、おばあちゃんは、おばあちゃんはただご飯がたべたかっただけなんだよ、とこたえ、落ちた餃子をちり紙で拭き、ぽいっと口に入れた。あの子たちも気の毒に、退屈でさびしくてしょうがないんだろうね、あんなことといわずに、あの子たちにも、なにかたべさせてやればよかったんだろうかね。

わたしが熱愛していたクラリネット奏者は、この日を境に、この勇ましい、肝の据わったおばあちゃんの孫であるところのわたしを、玉のように、竹のなかから見つけたお姫さまのように、それはそれはたいせつに扱うようになった。

大学受験が一週間後にせまった冬の早朝、わたしは通学途中に雪に滑って転んだ。顔面から花壇の角につっこみそうになったところ、隣にいたおばあちゃんが咄嗟に脇腹を押して、雪のつもった柔らかい土のうえに転がしてくれたため、左手の指を突き指しただけで済んだ。その受験がうまくいって美大に進んだわたしは、来る日も来る日も自分の身長の倍近くもある大きなキャンバスに絵を描きつづけた。ある晩、脚立を使った仕上げの作業のさいちゅうに大きな揺れを感じ、あっとおもったときには、キャンバスが自分のほうに倒れかかってきた。そこを、たまたまアトリエを見にきていたおばあちゃんが手を出して、落ちかかってくるキャンバスをおさえてくれたおかげで、絵のほうもわたしのからだも、事なきをえた。結婚式には呼べなかったけれど、おばあちゃんはわたしの夫となるひとを「感じがいい」といってほめてくれたし、その二年後その夫と離婚することになったときには、「縁がなかったね」としぶい顔をして、車を出して、割烹着すがたになって、引っ越しを手伝ってくれた。その十数年後、父と母があいついでおなじ病を得て亡くなってしまったときにも、おばあちゃんはわたしのそばにいて、わたしに猫を抱かせたり、背中を撫でたりして、静かに慰めてくれた。

この間《あいだ》はいなげやへつれてゆかないでごめんなさいね　おばあちゃんはみすずちゃんの事《こと》を思《おも》っていったことです　今度《こんど》きたときは、つれていってあげますからゆるして下《くだ》さいね　みすずちゃんをおこらしてしまいおばあちゃんは頭がいたいです　早《はや》くきげんを、なおして下《くだ》さいね　おばあちゃんはみすずちゃんが大すきです

おばあちゃんより

みすずちゃんへ

わたしにはこんな手紙を書いてくれるおばあちゃんがいた。

この手紙が書かれた一年後、大腸をわるくしたおばあちゃんは、蟬がうるさく鳴いていた夏の夕方、わたしが入院したのと同じ生協病院で亡くなることになる。そしてその数ヶ月後、遺品整理に行った母の手から、九歳のわたしの手にこの手紙が渡ることになる。縦長のカードの裏には、いまから半世紀近くまえの古い日付が入れられ、「みすずへ　おばあちゃんがなくなって身のまわりをせいりした時にでてきました　去年こんな

ことがあったのでしょう」と母の字で書いてある。

病室から運び出されたとき、おばあちゃんの顔はなんだか黄色かった。あれから、みすずは一ヶ月くらいだれとも口をきかなかったね、あとになって母がときどきいってい た。たぶんそうだったのだ。でもだとしたら、そこから先に続くわたしの記憶はいった いどうなるのだろう。おばあちゃんの死に顔や、お葬式のことと同じくらいに、わたし は図書館で絵を描いていたおばあちゃんや、食堂で暴漢を撃退したおばあちゃんの雄姿 を覚えている。ちがいます、あれはおばあちゃんじゃありません、だってあなたのおば あちゃんはあなたが九歳のときに死んでしまったのだから、いてくれたらよかった、い てほしかった、そういう気持ちがつみかさなって、ありもしない思い出を勝手に作っち ゃっただけでしょ、だれかがそういう。いえいえ、あれはたしかにおばあちゃんでした、 時計やカレンダーの数字にだまされては駄目、押しつけられた時間のなかにちぢこまっ ていては駄目、もし過ぎていく一瞬一瞬がけっして揺らがない、確かなものの連続だと したら、あなたが生きた時間は、だれも住まないガラスのお城のようになってしまいま す……向こうがわからべつのだれかがいう。

茶色いジャンパーを着て、眼鏡をかけているおばあちゃんが、鶴の模様のある布団の 枕元にうつむき、左手で、そこにいる赤ちゃんの顔を撫でている。カメラを持った人間が斜めうえの方向から写しているので、おばあちゃんの顔は左側しかみえないし、赤ちゃんの顔はおばあちゃんの手にすっぽり隠されている。写真が撮られた場所は病院でなく、焼けた畳敷きの、どこかの民家の一室のようだけれど、これはあきらかにわたしが生まれて十八年暮らした両親の家ではない。にもかかわらず、布団のなかのだれだかわからない赤ちゃんが自分であることをわたしは疑いようもなく知っていて、もう何十年ものあいだ、この写真をたいせつに手元に置いて、ことあるごとにみかえしてきたのだ。何百回、何千回と眺めているうちに、わたしにはもう、写真のこちらがわからはうかがうことのできない、その赤ちゃんの顔がみえるようになった。眉毛がふさふさと乱れ、鼻と口がちょこんとふくらんでいて、不機嫌そうに目をほそめている、生後一週間くらいの、これから九年にわたってわたしを溺愛し、わたしの行くところにはどこにでもついていきたがる、この女の子が、鶴の布団のなかからわたしをさかさにみている……

わたしたちが塗り絵や着せ替え人形で遊んでいたころ、「朝、起きてすぐ鏡をみたときにみえる顔が、みすずちゃんの未来のだんなさんの顔だよ」とおばあちゃんはよくいっていた。わたしはいまでも朝起きるとすぐ鏡のところに行って、そこに映っているものをよくみてみようとする。そして今日まで引きのばされた時間の表面にひっついているものに、しばし釘付けになる。こんな顔は、みたことがない、とおもう。するときまってそとは青空で、一羽のカラスが力の限りに、ぎゃあぎゃあ、ぎゃあぎゃあ、鳴いている。

初出

「ブルーハワイ」　「文藝」二〇一五年秋号（河出書房新社）
「辰年」　「文藝」二〇一七年冬号（河出書房新社）
「聖ミクラーシュの日」　「文藝」二〇一七年春号（河出書房新社）
「わかれ道」　「飛ぶ教室」二〇一六年秋号（光村図書出版）
「山の上の春子」　『ラブソングに飽きたら』（二〇一五年二月／幻冬舎）
「わたしのおばあちゃん」　「文學界」二〇一八年一月号（文藝春秋）

青山七恵（あおやま・ななえ）

一九八三年埼玉県生まれ。二〇〇五年『窓の灯《あかり》』で文藝賞を受賞しデビュー。〇七年『ひとり日和《びより》』で芥川賞、〇九年「かけら」（『かけら』収録）で川端康成文学賞を受賞。他の著書に『やさしいため息』『魔法使いクラブ』『お別れの音』『わたしの彼氏』『あかりの湖畔』『花嫁』『すみれ』『快楽』『めぐり糸』『風』『繭』『ハッチとマーロウ』『踊る星座』がある。

ブルーハワイ

二〇一八年七月二〇日　初版印刷
二〇一八年七月三〇日　初版発行

著　者　青山七恵
発行者　小野寺優
発行所　株式会社河出書房新社
〒一五一－〇〇五一
東京都渋谷区千駄ヶ谷二ノ三二ノ二
☎〇三・三四〇四・一二〇一［営業］
〇三・三四〇四・八六一一［編集］
http://www.kawade.co.jp/
組　版　KAWADE DTP WORKS
印　刷　株式会社亨有堂印刷所
製　本　加藤製本株式会社

Printed in Japan　ISBN978-4-309-02705-0

河出書房新社 青山七恵の本

AOYAMA NANAE

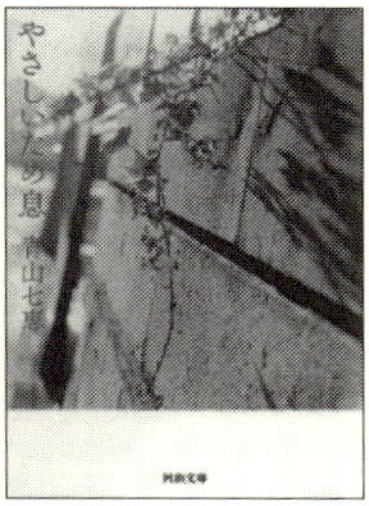

やさしいため息

今日はどんな一日だった？　４年ぶりに再会した弟が綴るのは、嘘と事実が入り交じった私の観察日記。芥川賞受賞作家が描く、ＯＬのやさしい孤独。（河出文庫）

風

究極の愛憎、友情の果て、決して踊らない優子、そして旅行を終えて帰ってくると、わたしの家は消えていた……とても特別な「関係」の物語。（河出文庫）